集英社オレンジ文庫

# 七不思議のつくりかた

長谷川　夕

本書は書き下ろしです。

# 目次

contents



Thus the Seven wonders are born

☑ はじまり

☐

☐

☐

☐

☐

☐

☐

うちの学校に七不思議があるの、知ってる?

――さあ。聞いたことない。

でも、あるんだって。

いや、あったんだって。

ずっと前の話。

むかしは、「学校の七不思議」がちゃんと伝わってたらしいよ。

――いまは聞かないけど。

もう、七不思議はなくなっちゃったみたい。

――なくなった?

なくなった。

伝えられず、忘れられてしまったんだ。

誰にも伝えられることなく忘れられたら、なくなっちゃうのも仕方ない。

――いったい、どんな不思議だったのかな。

さあ……。

定番といえば、トイレに花子《はなこ》さんが現れるとか。他にも……音楽室にあるピアノが夜中に鳴る。ベートーベンの肖像画がこちらを見ている。校舎のどこかにある十三階段。美術室の石膏《せっこう》像や保健室にある人体模型が動く。はたまた、校庭でニノキンが爆走？

……なんてね。

いったいどんな怪異が起こるのかは、もうわからないよ。

すべては消えてしまったのだから。

——でも、不思議としか言いようがないことが、学校のどこかで起こるから、それが七不思議として伝わるんだよね。

そうだね。

——つまり、奇妙な現象が起こって、それらがひとつずつ、いつの間にか七つ集まるから、七不思議になるはずでしょう。なのに、むかしは七不思議があって、そしていまはもうすべてが消えてしまったなんて、順番がまるで逆だよ。

そのとおりだ。

——いったい、どんな不思議だったのかな。

——七つの怪異は。

これは知ってる？

七不思議って、七つ目を知ったあかつきには、恐ろしいことが起こるって決まりなんだって。

——いったいどんな？

その内容は誰も知らない。

伝わっていないから。

——どうして伝わっていないの？

知ったひとは、いなくなってしまうから。

- ☐
- ☑ まぼろしのひと
- ☐
- ☐
- ☐
- ☐
- ☐
- ☐

# 一

「この学校の七不思議って、知ってる？」

綾乃《あやの》先輩の静かな声に、僕は身を震わせた。いま、問い質《ただ》されているとはっきりわかる。彼女の表情を確かめるのは怖かったが、僕は反射的に顔をあげてしまった。ふらつく足元を見ていると意識が遠のきそうな気がしていたのも、顔をあげた原因のひとつだ。

放課後の屋上にふたりきりで、フェンス越しにお互いを見ていた。十七時を過ぎた学校の屋上は遮蔽《しゃへい》物がなく、余すことなく西日に照らされる。生温《なまぬる》さと肌寒さが入り混じった夕刻の春風が僕たちを撫《な》ぜる。髪と制服がはためく。間近にいるはずの綾乃先輩は西日を背にして眩《まぶ》しすぎ、表情が捉《とら》えられない。けれど彼女がどんな顔をしているか、想像はついた。覚悟を決めた人間の顔だ。

綾乃先輩の首にはいつでもネックレスがかかっていた。いつも大切に身につけている、恋人からの贈り物だ。いまは彼女の右手にさげられている。安物の金色が太陽に照らされ、よりいっそう嘘《うそ》くさく光る。Aというイニシャルのチャームもチープだ。Aは綾乃であり、恋人である敦也《あつや》のAだった。彼はサッカー部の主将をしていたが、三カ月ほど前——今年の二月、雪道での交通事故で亡くなった。

「七不思議ですか」

僕は努めて冷静に訊《たず》ねかえした。やはり知ってしまっていたかという心境だった。溜息を吐《つ》きたくなる。しかしいまはこうして彼女と対話できる時間を極力引き延ばさなければならない。

「まだ創立十周年なのに、七不思議なんてね」

綾乃先輩も少し笑っていた。笑い声にすら険があった。僕の中で、誰でもいいから僕を手伝ってくれないだろうかと思う気持ちと、できるだけ僕だけの力で彼女との交渉を進めたい……これは僕の戦いなんだという気持ちとがせめぎあった。

「七不思議……」

僕は口の中で呟《つぶや》いた。

以前、この学校の七不思議を知ったとき、まだ新しい学校なのに？　と疑問に思った。今年、やっと創立十周年だ。こんな僅《わず》かな年数で七つもの不思議が確立してしまうのならば、明治時代創立の学校などは昼間から百鬼夜行《ひやっきやこう》でもしなければ間に合わないのではないか。

そう考えつつも、七不思議のうちのひとつをただ闇雲《やみくも》に信じていたときがある。その時期にした進路選択のせいで、自宅から二時間もかけて高校へ通学している。いまが高校二年生の春だから、まだあと二年もあるのかと思うと憂鬱《ゆううつ》になる。

ふと目をそらすと、西日に照らされる街並みが一望できた。丘の上にある大きな学校からは離れた海が見えると聞いたことがある。目を凝《こ》らすと確かに海が見えた。街並みの最果てにきらきらと輝いている。そんな風景を眺《なが》めながら、心では必死に、フェンスの向こうにいる綾乃先輩を引きとめる方法を模索している。いったい、どんな風に説得すれば彼女は足を止めてくれるのだろう。

七不思議の存在を知っていました。けれど隠していました。七不思議をあなたへ教え、もしあなたが亡くした最愛の恋人に再会したとしたら――生きている時分からあなたと相思相愛だった彼が、死んでもなおその心を捕らえたままだなんて、羨《うらや》ましくてならないのです……。

西日に薄雲がかかったせいだろうか。彼女の表情が見えた。七不思議のひとつ、「まぼろしさん」の情報に初めて触れたときの自分と同じ顔をしている。

# 二

死んだひとに会える場所の話を初めて聞いたのは、小学六年生のときだ。僕のクラスに来ていた教育実習生が教えてくれた。

担任が急な弔事《ちょうじ》で帰ってしまった五時間目のことだった。自習の教室はうるさくない程度にざわついていた。窓際のいちばん後ろの席に座っていた僕は、席から校庭を眺めて過ごすぼんやりとした小学生だった。秋晴れに空は真っ青に染まる。校庭には色づいたイチョウや楓《かえで》、桜が並び、紅葉と黄金色が鮮やかに降りしきる。明日で教育実習は終わりという日だった。

「先生、面白い話、してよ」

いちばん前の席の女子が彼にそう言った。それを受けて彼が訥々《とつとつ》と語り始めたうちのひとつが彼の母校に伝わる不思議な出来事だった。しかし恐怖を伝えるものではなかった。

「幽霊に会えるんだよ。僕の行ってた高校」

最初は耳に入ってくるだけの雑音に過ぎず、くだらないと一蹴《いっしゅう》した。誰かが訊ねた。

「幽霊が出るの?」

「ただの幽霊じゃない。死んでしまった、大切だったひとに会えるってこと。死んだ祖父に会いたいと思っていた生徒がいたんだけど、校舎の中で会えたんだって」

四週間の教育実習期間中、実習生の話などろくすっぽ聞いていなかった僕も、窓から向き直った。景色よりも強烈《きょうれつ》に惹《ひ》かれる話だったのだ。しかし彼の話は、チャイムに遮《さえぎ》られてしまった。もっと詳しく聞きたい。僕は教室から出て行った彼を廊下で捕まえた。まともに会話するのは初めてで、どのように呼ぶべきかすら迷った。

「先生。さっきの話ってほんとう？」

「さっきの話？」

「幽霊の」

彼は僕の顔をまじまじと見つめ、微笑《ほほえ》んだ。

「真実だよ。僕が祖父に会ったんだ。他にも同級生の何人か、同じ経験をしたらしい」

そういって彼は去ってしまった。だから僕は翌日に彼の母校を教えてもらい、そこを目指すことにしたのだ。すべては、僕が幼少時に交通事故で死んだ両親に会うためだった。

# 三

僕は両親を五歳ごろに亡くし、ずっと祖父母と暮らしていた。何不自由なく、愛情を込めて育ててくれたことに感謝している。けれども本物の親というのはどういった存在なのだろうと、かすかな記憶を掘り起こしたり、想像してみたりすることがよくあった。

両親に蘇《よみがえ》ってくれとは言わない。たった一度でいい、会いたい。それを願うのは悪いことだろうか。そんな葛藤《かっとう》の時期だったのだ。あの教育実習生が幽霊について話したのは。

中学校では猛《もう》勉強をして高校受験に備えたと言いたいところだが、残念ながらさほど苦もなくくだんの高校へ十期生として入学できた。偏差値が中の中だったからだ。丘の上にあるまだ新しい大きな高校で、募集人数も多かった。ただし遠かった。自宅から二時間もかかる。それでも構わなかった。

高校に入学してからというもの、「死んでしまった、大切だったひとの幽霊に会える」という情報だけを手掛かりに、僕は校舎内を巡り巡って、探索をした。しかし困った。どこへ行けば会えるのか、聞いておけばよかった……。

ふつうに歩いているだけで幽霊など現れるはずがない。人目を避けて誰もいない時間帯を狙い、朝や夕方にうろうろと校内を徘徊《はいかい》した。だが、親どころか他の幽霊と会うことすらかなわなかった。敷地は広く、建物はやたら新しく、いったいこんなぴかぴかの校舎のいずこに幽霊が出るというのか。

敷地は、本当に広い。校庭に面した本校舎。その端《はし》と垂直に渡り廊下で繋《つな》がる特別棟があり、第二校舎から第五校舎まで並んでいる。特別棟と第二校舎のあいだには中庭があり、生徒たちの憩《いこ》いの場となっている。さらには特別棟郡を本校舎と挟むように、新館がある。これに加え、体育館や弓道場、剣道場、プール、部室棟……探す場所はいくらでもある。校内図を見て途方に暮れつつも、希望を持ってひとつひとつ当たっていく。しかし何にも会えないまま日々が過ぎていく……。

三カ月もすれば、徘徊をひとに知られ、怪しまれた。

「いつも何してるの？」

と、ひとに訊《き》かれたら「散歩」や「探検」と答えていたものの、だんだん誤魔化《ごまか》せなくなっていく。しまいには不気味がられた。それでも諦《あきら》めきれずにふらふらし続けた結果、運悪く生徒指導の男性教諭と鉢合わせ、徘徊の理由を問い質される羽目に陥《おちい》った。高校入学から五カ月と少し経った、九月下旬。本校舎の廊下でのことだった。

「散歩だ？　そんなわけないだろう！」

何がそんなわけがないのかはわからなかったが、言い訳が通用しないのはわかった。かといって「両親の幽霊に会いたいんです」という本当の理由が受け入れられるかどうか、一か八か賭《か》けてみようとも思えなかった。それらしい口実が見つからず、ひたすら項垂《うなだ》れていた僕を助けてくれたのが、通り掛かった女子生徒だった。

「また迷ってたの？」

と言いながら、彼女は先生と僕の間に割って入った。だから初めて見たのは後ろ姿だ。人相の悪い先生の表情が一瞬にして緩んだのがわかった。

「なんだ。おまえんところの部員か？」

「そうなんですよ。彼、自習室の場所が覚えられないんですって」

「まあ、あそこはわかりづらいからな」

先生は、一分前まで僕を問い詰めていたのと同じ人物だとはとても思えない口調になっていた。僕は眉をひそめた。そんな僕をおいて、話はトントン拍子に進んでいく。

「迎えに来たので、部室まで一緒に行きますね」

「おう。しっかり叩き込んでおいてやれ」

事態はいつの間にやら円満に解決していた。先生は鼻歌とともに軽快な足取りで去っていき、彼女はそれと反対方向へ歩いていく。もちろん、彼女のほうを追った。僕と同じくらいの背丈ですらっとしていて、二年生用の上履《うわば》きだったので、先輩だとわかる。とりあえず「先輩」でいいかと呼び止めようとした瞬間、彼女が振り返った。小さく舌を出している。僕に笑いかけて、彼女は言った。

「散歩なら林の周りの遊歩道がおすすめだよ。ちなみに一年生の昇降口はあっち」

先輩は親切に階段を指差したあと、ばいばいと手を振った。僕は慌てて、

「いいえ、あの、実は散歩じゃないんです」

と否定した。それ以上なにひとつ説明をしていないのに、先輩はすべて承知しているという雰囲気で、にこっと笑った。

「これから校内を歩くときは、あの先生に気をつけたほうがいいよ。いままで捕まらなかったのはラッキーだったよね」

どうやら僕は校内を徘徊するうち、先輩の視界に入っていたらしい。羞恥《しゅうち》に顔が熱くなる。そして僕は同時に、もっと彼女の視界に入っていたいと分不相応なことを考えてしまっていた。これで終わりにしたくない。そういえばまだお礼も言っていない。なのにうまく言葉が出てこない。引きとめられない。

「じゃあね」

去っていく彼女の背を見つめながら、「自習室、自習室、自習室……」と頭の中で繰り

返した。

四

僕はすぐに自習室を部室とする部活を調べた。結果、本校舎の自習室は、写真・文芸合同部が使っていた。即座に入部を決めて届けを出した。初めて訪れた自習室では、中途半端な時期ながらも新入部員を歓迎してくれ、生徒指導の先生から助けてくれた彼女を綾乃先輩と呼ぶことにも成功した。のちに欲深となった僕は自発的に「後輩」の位置におさまった自分を激しく後悔して先輩と呼びたくないなどと考えだすのだが、入部当初においては取り急ぎ満足した。

綾乃先輩はいちばん窓際の席を特等席にしている文芸部員で、図書室で借りてきた本をよく読んでいる。

入部して数日後のことだったか。いつものように特等席にいる綾乃先輩を何気なく見ていたら、部活に入って友達となった樋口《ひぐち》に肩を叩かれた。

「なにさ」

「あの席からは、校庭が一望できる」

「それが？」

「サッカー部が見える」

「だから？」

耳元で囁《ささや》かれた。

「十番。綾乃先輩の彼氏」

なんとなく気づいていた。というか見ていればわかる。特等席で、綾乃先輩は時折目を上げる。外を見る。瞬間、彼女は多幸感に包まれる。その嬉《うれ》しそうな横顔が好きだった。

恋をしているのはわかっていた。でも片思いなのか両思いなのか、どの部活の誰なのか、具体的な情報を僕は知りたくなかった。現実は厳しい。

とにかく僕の初恋はあっさり終わった。失恋が決定的になったからといっていきなり退部するわけにもいかず、僕は別段興味がなかった写真を引き続き撮ることになった。カメラを手にして校舎内を歩いていれば、なんとか徘徊の理由もついた。

しかしいつだったか、「女子生徒を盗撮しているのではないか」という疑惑をかけられたことがある。放課後に生徒指導室へ呼び出された。行くと、いつぞやに詰問《きつもん》してきた先生が仁王《におう》立ちで待ち構えていた。僕はどうやら目をつけられていたらしい。先生はなかなか解放してくれなかった。

しかし話を聞きつけた他の部員たちがやってきて、口々に「高戸《たかど》くんはまだ綾乃先輩を諦められないんです」や「だから他の女子生徒には興味ありません」と、一所懸命説明してくれた。事無きを得たと言いたいところだが、ぜんぜん事が無くない。僕の失恋は皆にばれていた。先生に「お、おう。がんばれよ」と憐《あわ》れまれて解放はされたが、納得いかない。

部室へ向かう途中の廊下で、樋口がぽんぽんと肩を叩いてきた。

「いやあ、あれには勝てないって。強豪サッカー部主将、すでにK大行きが決まってるって噂《うわさ》。テストも入学以来ずっと学年十位以内。背が高くてイケメン。女子に大人気。なのに綾乃先輩一筋。幼稚園からの幼馴染《おさななじ》みなんだって」

綾乃先輩と彼は、一分の隙《すき》もない完璧な恋人同士だった。聞けば聞くほど、先輩と彼だけが登場人物の、もはや退屈な恋愛物語だった。しかもふたりの関係はすでにハッピーエンドの後日談で、樋口に忠告されずとも僕が入り込む余地など残されておらず、悪い虫にすらなれない。

サッカー部の練習が終わるまで、綾乃先輩は自習室で彼を待っている。僕はできるだけ先輩と同じ空間にいたかったけれど、ここしばらくは自発的に早めに帰るよう心掛ける日々だった。もしも僕が先輩の恋人だったら、悪い虫には彼女の近くを飛ばれたくないと思うからだ。

偶然、帰り道にふたりを見かけてしまったことがある。僕のほうからは見えていて、ふたりには気づかれなかった。彼はたくさん荷物を持っているのに、綾乃先輩の荷物までも担いで、丘の下へ向かって歩いていた。遅いほうに合わせた緩やかな歩調。なんでもない会話と笑い声。距離感。一生に一度、できるかどうかといった恋が、ふたりのあいだにあるのを見た。何の変哲もない幸福だった。失恋の傷はまだちくちくと痛むけれど、いつしかこう思うようになった。

——あんな風に想いあえる恋人が、いつか僕にも現れますように。

敦也先輩が死んだのは、翌年の二月、雪の日だった。

## 五

敦也先輩の死を知ったのは、全校集会でだった。雪が降った日の翌々日だ。黙禱《もくとう》をしたあとに集会は解散となって、僕は綾乃先輩の姿を捜した。だが見つからない。登校していないのだろうか。解散の流れに乗り、体育館から屋外の渡り廊下に出る。空気が停滞していた場所から冬風の吹く場所に出て、凍えるほど冷たい。とけずにそこかしこに残った雪の温度が体を冷やす。

敦也先輩の死により、僕は幽霊についてあらためて考えていた。

「幽霊に会えるっていうのは、本当なんだろうか」

誰ともなしに呟いた言葉を、たまたま隣を歩いていた樋口が拾った。

「まぼろしさんのこと?」

「……まぼろしさん?」

僕は樋口を見る。樋口の横顔は白く、寒そうだ。とくに大きな秘密を明かすといった雰囲気は感じられなかった。ごく自然な様子だった。しかしその口から出た「まぼろしさん」は――初めて聞く情報だった。死んだひとの幽霊が出る噂に、まぼろし、幻。

樋口が継いだ。

「まぼろしさんは、学校の七不思議のひと」

「七不思議?」

両親の幽霊に会えることを期待して入学した経緯ではあったが、よくよく考えればこの学校は創立してやっと十年の新設校だ。まだ新築の香りが残る校舎に七不思議。なんとも似つかわしくない。死んだひととか幽霊とかだって、半信半疑なのに。

「もともと、なんか有名な言い伝えがあって、その上に学校が建ってるからさあ」

樋口が言った。地元民なら誰でも知っている、と補足された。

「言い伝え?」

僕は両親の幽霊と会うために入学したのだ。いまも校舎を徘徊し続けている。けれど地元民なら誰でも知っている有名な話がある……では入学当初から「幽霊に会いたいです」と吹聴《ふいちょう》していれば、もっと早くに両親の幽霊と会う方法がわかったのだろうか。

「どんな言い伝え? まぼろしさんって? 会いたいひとに会える?」

矢継ぎ早に問いかけた。樋口は意外そうな顔で僕を見た。

「なんだ、知ってんじゃん」

「よく知らない」

「会いたいひとに会えるんだよ。死んだひとに。仲介をしてくれるひとがまぼろしさん」

「どういうこと?」

「フツーに」

死んでしまった会いたいひとに会えるのがふつうというのは、いったいどこの世界の常識なのだろうか。通常、死んだひととの橋渡しをする人間などいない。

「もっと詳しく教えてよ」

「そういう土地なんだってさ。不思議なことが起こる場所。言い伝えがあって、それがまぼろしさんっていう学校の七不思議のひとつになってんの。たしか、お供えをしたら会いたいひとに会わせてくれる、って聞いたことあるわ」

土着の言い伝えが七不思議へ変化して、そして僕のもとにまで届いたらしい。

「そんな言い伝えがあるんだったら、もっと早くに知りたかった……」

「そりゃおまえ、授業が終わったらすぐに教室飛び出して徘徊してんだから、誰も教えられないだろ」

樋口の失笑に、僕は俯《うつむ》いた。僕はどうやら、回り道をしすぎていたようだった。樋口がふと笑みを消す。

「でも、やめたほうがいいよ。会おうとするのは」

「え、なんで?」

僕は顔をあげた。幽霊話を闇雲に信じて一年もの月日を空費し、やっと得られた「まぼろしさん」という情報。これは両親に会うための一歩だ。それに今回の事故で亡くなった敦也先輩にもう一度会える手段でもある。つまり、綾乃先輩の一助にならないだろうか。僕にとってやめたほうがいい要素なんてない。

樋口は急に小声になった。

「実はいまの話さ、口にするひと、少ないんだよ。このまぼろしさんのことね」

不審そうに眉をひそめ、内緒話のように声は低い。誰にも聞かれてはならない秘密を明かしているみたいだ。

「まぼろしさんはなぜか、必要なひとにしか伝わらない。わかる？　こんなに不思議なことなのに、普段は誰も口にしない。禁忌《きんき》みたいな……なんとなく、誰も噂しないんだ。おれもすっげえ久しぶりに口にした。たぶん、いま、必要だからだろうね」

でも、そういう奇妙な性質の話だから深入りしないほうがいい、と樋口は言った。

六

——草むらから子供の声がする。

旅人は気づいた。先を急いでいたが、無視できない。そうっと草を掻《か》き分けて覗《のぞ》き込むと、五歳くらいの子供が啜《すす》り泣いていた。

「どうした」

旅人が訊ねると、どうやら母親とはぐれたらしい。草むらの向こうは崖《がけ》になっていて危ないし、近くにはひと気がない。

峠《とうげ》を越えたあたりの茶屋の存在を思い出した旅人は、子供の手をとって、茶屋へ連れて行くことにした。母親が捜しに来たとしても、一度はあそこを訪ねるだろうと思ったのだ。

山道をふたりで歩いていくと日暮れになってやっと峠を越えた。旅人は腹が減ってきて、出立前に買った饅頭《まんじゆう》を半分に割って、子供に与えた。大人の身に半分では到底足りなかったが、子供のほうがよほど辛いだろうと思ったのだ。

「もうすぐ着くからな」

そうしてまた少し歩いてすっかり日が落ちたころ、茶屋の明かりが見えた。

「見えたぞ」

旅人は声をあげた。しかし明かりは茶屋のものではなかった。道端の地蔵が光っていたのだ。

なんとその地蔵は、この子を捜していた――崖から落ちて死んだ子供の魂《たましい》を捜していたという。そして、迷い子を救った旅人の願いごとを叶えてくれるようだった。

「危篤《きとく》の母親に早く会いに行きたい」と答えた旅人だったが、実は旅人の母親はすでにこの世を去っていた。憐れんだ地蔵は旅人と母親の魂を引き合わせ、最期の別れをさせてくれたのだった。

このとき地蔵があったといわれている場所が、学校が建てられた場所である。という記述を目にしたあと、僕は机に突っ伏した。

僕は学校の図書室にいた。広い図書室の一角にある、四人掛けのテーブルスペースだ。同じテーブルには誰もいなかったが、ひとは多かった。まぼろしさんについて調べに調べて、この資料へ辿《たど》り着いた。伝承の大本だ。しかし、実際に死んだひとに会う方法はほとんどわからない。

外は雪がとけても寒い。日中は春の気配が漂い、日が暮れると冬に戻る四月初旬だった。窓の外は暮れかけている。冬の風が吹き、枯れた落ち葉が舞う。

——よく考えたら、両親に会う必要などないのかもしれない。僕はどうしてそれほどまでに信じて、会おうとしたのだろう。これまでの長い道のりを思い、そんな風にさえ感じる。

「まぼろしさんか……」

僕は樋口以外の他のひとにも聞き込みをした。

結果「まぼろしさんが、大切なものと引き換えに一度だけ死んだひとに会わせてくれる」という「まぼろしさん伝説」が輪郭《りんかく》を現すようになった。

そこその人数が七不思議のひとつである彼の存在を知っていた。思っていた以上の人数だった。でも、わざわざ口にするほどのことでもない、とあまり信じていなさそうな顔で誰かが言っていた。人間はいずれ死ぬ。このくらいの年齢にもなれば、大切なひとを失った経験を持つ人間はそれなりにいる。僕だけが特別ではないのだ。

聞き込みをする中で、「まぼろしさん」ないしは「大切なひと（幽霊）」に再会した経験の持ち主は誰一人として現れなかった。それで僕は雲を摑《つか》むような噂話を追うのをやめて、発祥《はっしょう》のほうを辿ることにした。樋口の言葉をヒントに、地元の言い伝えから洗った。

はたしてまぼろしさん伝説の大本は、地蔵の伝承に違いない。伝承が転じ、まぼろしさんという謎の人物となって、学校の七不思議として定着したと考えるのが妥当《だとう》だ。

つまり「まぼろしさん」なんて実在しない。ということは七不思議も実在しないのだろうか――。

## 七

僕は考える。樋口から話を聞き、他のひとからの情報を集め、図書室で伝承をひもといて、まぼろしさんの真相に近づいた。だがそれは七不思議の存在自体を否定するもので、僕は行き詰まってしまった。

——ただの伝承か、それとも真実か……。

しかし、誰も彼もが面白がって話す性質のものではなく、必要な人間にだけ伝わっていく……。いったいどういう理屈なのだろうか。噂の伝播《でんぱ》をコントロールするなど、人智を超えた力以外には説明がつかない。

それに、僕へ伝えた教育実習生は幽霊に会ったと言った。死んだ祖父に会ったと。ならば諦めきれない。まだ両親に会える可能性は残っている。そして——綾乃先輩と敦也先輩が会える可能性も……残っている。

もし両親に会ったとして、その方法が判明すれば、恋人同士を再会させることは可能だろう。だけど、いまの僕はそれを……望んでいない。

敦也先輩の死後、憔悴《しょうすい》した綾乃先輩を励ますうち、一度は諦めた恋心が見事に再燃していた。しかも以前よりも激しく燃える。今度は、手に入るかもしれないからだ。だとすると、敦也先輩は死んでまで邪魔をしてくる存在でしかない。せっかく綾乃先輩が手に入るチャンスが僕に訪れているのに……と。

幽霊に会えるほうがいいのか会えないほうがいいのかは、わからない。けれど、調査を断念することもできなかった。とりあえず、僕は「まぼろしさん」に仲介してもらう方法を模索し続けた。

そして、ある疑念に行き着いたのだ。

（大切なものって、なんだ？）

引き換えにする、大切なもの。

自分にとって大切なもの、という条件でいいのだろうか……。それをどうする？

ふと、綾乃先輩が大切にしているネックレスが思い浮かんだ。彼女は僕よりも、条件が揃《そろ》っている。あれを引き換えに、綾乃先輩は簡単に敦也先輩との再会を果たせるだろう。

以前樋口が言った。必要なひとにしか伝わらないと。つまり「必要なところに話される」のだ。必要なひとのところには確実に届く話ならば、綾乃先輩はいずれ、まぼろしさんの話にも辿り着くのではないだろうか。いや、すでに耳にしているかもしれない――。

八

それから僕はできるだけ綾乃先輩に寄り添った。はたから見れば、傷心の綾乃先輩に近づき、亡き恋人の後釜《あとがま》を狙う不届き者に見えただろう。事実、そのとおりだ。それでも彼女の傍《そば》にいたかった。一度は諦めた恋が、手に入れられるかもしれない。そんな邪《よこしま》な考えは常に僕の中に疼《うず》く。綾乃先輩の心にぽっかりと空いた穴を僕が満たせるのならば、他人からどう思われようと知ったことではなかった。

綾乃先輩は気丈だった。時々泣きそうな表情をしているが、登校し続けた。部活にも参加している。綾乃先輩は敦也先輩の話もせずにただ校庭を眺め、彼の姿を捜していたので、僕は何も言わずに傍にいた。いつでも隣に座って、ネックレスを大事にしている様子を確認した。触れたい衝動に駆られても我慢した。ただ隣にいた。もう敦也先輩はいない。彼女の隣にいられるのは僕ひとりだ。あとは、彼女の中で整理がつく日を待つだけでいい。思い出にする日を待てばいい。ネックレスは大事にし続けてもいい。むしろ、手放さないでいてくれるほうがいい。

五月のある日。いつもと同じように隣に座っていたら、綾乃先輩は空虚《くうきょ》で冷たい笑顔ではなく、控えめだが体温のこもった笑顔を見せてくれた。

「高戸くんは、優しいね」

敦也先輩に向いていた心が僕へと向いてくる予感が確かにあった。手応えを感じる。このまま敦也先輩を忘れてくれたら……。会わせたくなどないと強く思う。自分はなんとずるい人間なのだろうか。自責の念は尽きない。けれど口にできなかった。

春季文化祭が近づいていた。部活動でも展示の準備があるのだが僕以外は誰も用意せず、本を読んだり外を眺める綾乃先輩とふたりきりで作業をしていた。パソコンから顔をあげると、綾乃先輩のネックレスが目に入った。

「そういえば高戸くんって屋上にあがったこと、ある?」

綾乃先輩の明るい声を聞くのは久しぶりだった。気分が高揚《こうよう》してくる。急いで記憶を掘り起こし、首を横に振った。

「いえ、ないです。施錠《せじょう》されてますから」

屋上は、先生の許可がないと入れない。

「階段へのドアはぜんぶ施錠されてるけど、実は一箇所だけ、あがれるところがあるの。梯子《はしご》でね。入部するときに新入生をいっせいに連れて行くんだ。高戸くんは途中からだから、やっぱり連れてってなかったよね。景色がきれいなんだよ。撮ってみる?」

断る理由はない。僕は頷《うなず》き、パソコンをとじた。

九

「この学校の七不思議って、知ってる?」

綾乃先輩は言った。

十七時を過ぎた。学校を、街を、僕たちを、西日が眩しく照らす。屋上にあがるなり、綾乃先輩がネックレスを首から外したときには冷や冷やした。恐れていたことが起きてしまう予感がした。

「それ、外しちゃうんですか?」

「肩が凝っちゃって」

綾乃先輩が指先でネックレスを遊ぶ。まさかそのネックレスが落ち、フェンスの向こう側にいってしまうなんて、思いもよらなかった。

「どうしよう……」

フェンスの網目が小さく、手をいれようとしても届かない。あれが落ちてしまったら……。

「とってきます」

僕は言い、腕まくりをした。

「危ないよ。なにか細長い棒でも探してこよう」

「大丈夫ですよ。早くしないと風で落ちちゃうかも」

僕は素早くフェンスによじ登る。

「でも」

「だって、大事なものでしょう」

高いフェンスの向こうにおりる。幅はほんの二十センチほどしかない。左手の指をフェンスに絡ませ、うまくしゃがんで、右手でネックレスを拾いあげた。

「はい」

すかさず、網の隙間から彼女へと渡す。そして再び立ち上がるために、フェンスに絡めた左手の指先をほどいた、その瞬間だった。綾乃先輩がフェンスをいきおいよく押したのだ。僕は突然の衝撃に驚いて反射的に後じさり、足を滑らせた。

「うわっ」

バランスを崩して宙に放り出されかけたが、運よく落下を免《まぬが》れた。かろうじて指先が引っ掛かり、落ちずに済んだのだ。

綾乃先輩はもう一度言った。

「ねえ。この学校の七不思議って、知ってる？」

綾乃先輩は助けてくれそうにない。じき、六階からまっさかさまだ。

彼女の表情を仰ぐも、よく見えなかった。

けれど、どんな表情をしているのかは想像がついた。彼女はすでに七不思議を知り、引き換えにするべき大切なものを知っている。たとえ安価であろうと自《みずか》らにとってどれほどの価値があるかしれない、身につけつづけた金色の鎖。ふたりの名前が揺れる。ふたりを繋ぐものだ。

　静かな声が聞こえる。

「誰かが教えてくれたの。大切なものと引き換えに、彼に会えること。大切なものを捨てさえすれば……」

　綾乃先輩に噂を吹き込んだのは誰だろうか。必死に考えても思い当たらない。この噂を、僕自身も誰かに教えてもらったはずなのに、思い出せない。会いたいひとに会わせてくれる、仲介をする人物の存在を教えてくれたのは、誰だった……？

　いまなら、その人物こそが仲介者だったとわかるのに。

　――七不思議の存在を知っていました。けれど隠していました。でも、まぼろしさんが実在していて――もしあなたが亡くした最愛の恋人に再会したとしたら――生きている時分からあなたと相思相愛だった彼が、死んでもなおその心を捕らえたままだなんて、羨ましくてならないのです……。

「隠していて、すみませんでした。ネックレスと引き換えに敦也先輩に会えること……」

　僕の謝罪に綾乃先輩は薄笑いを浮かべた。ふと日が陰《かげ》ったので表情が見えるようになる。覚悟を決めた顔だ。綾乃先輩はフェンスから離れて歩いていく。帰るためだ。足音が聞こえる。足取りは決して軽くない。けれどもう戻らない。

「違うんだよ。高戸くんも大切だからだよ。この短いあいだに大切になってしまった……そして、どっちなのか、わからない。君を捨てればいいのか、これを捨てればいいのか」

綾乃先輩がネックレスをもてあそぶ音がする。

そして僕の指先はもう限界だった。爪が悴《かじか》んで痛い。自分の体はこれほど重かったのか。けれど、ふと心は軽くなる。綾乃先輩に寄り添っていたここ数カ月の行動は、どうやら無駄ではなかったらしい。邪《よこしま》な心からのものだったけれど、綾乃先輩にとって大切なひとになりかけていたようだ。僕の狡《ずる》さを暴かれるまで。

ネックレスが空中に向かって放り投げられた。きらめきが目に眩しい。「あっ」と僕は声をあげる。同時に、僕の指先がほどけた。ほどけてしまった。肉体が宙に浮き、地上へと落ちていく。体はもう軽い。まるで時間が止まったみたいな一瞬ののち、落ちる。太陽が眩しい。西日は最高潮だった。太陽とネックレスの光。ぜんぶが金色に満ちている。

落ちていく。僕は空中でネックレスを摑んだ。これなら、ネックレスが作用するか僕の命が作用するか、わからないままでいられる。

いまから、綾乃先輩は敦也先輩に再会できるだろう。死んでしまった最愛のひとに会える。ならば作用するのがどちらだろうが、些事《さじ》にすぎないのではないか。

☐

☐

☑ 正しい骨格標本

☐

☐

☐

☐

☐

一

生物準備室は雑然としていた。

夜だった。部屋は明かりがなく、暗い。窓からさす月光だけだ。カーテンは全開だった。六月の長雨がいつの間にかやみ、雲の切れ間から月明かりが注いでいる。だから準備室内の混沌《こんとん》ぶりがわかる。

あらためて見回してみると、隣接する生物室に比べて、なんと物の多いことだろう。奥行きがあって狭い部屋に、書架がよっつ、ステンレス製の棚、作業机、水槽がみっつ、人体模型、顕微鏡《けんびきょう》の箱、ホルマリン漬け、昆虫標本……そういった、授業で使うものたちがうずたかく積み上げられ、押し込められている。生物室と廊下は直接繋《つな》がっていて、この準備室を通る必要はない。だからといって、こんなにも雑然としていていいのだろうか。

あたしが鞄を枕《まくら》にして眠っていたソファが、唯一ひとの休めるところだ。生物室からドアを開いて左手が教員用の机と外窓、右手にソファ、そして高い衝立《ついたて》がソファの背もたれ側に平行に立っている。衝立の向こう側には物がたくさんある。さらに奥には廊下に繋がるドアがあるはずだけれど、辿《たど》り着くための道はない。もし廊下側のドアが開いた場合、衝立はあたしの姿が見えないようにソファを半分ほど隠してくれている。けれど、あのドアが開くようにも思えなかった。

「阪部《さかべ》先生？」

呼んでみたけれど、反応はなかった。ひとの気配もない。どこかへ行ってしまったのだろう。生物室のほうに耳を澄《す》ませてみるけれど、物音ひとつしない。あたしは念のため衝立の向こう側も確認すべく、立ち上がろうとした。

「危ないよ」

声がした。あたしは驚いて身を竦《すく》めた。一瞬、阪部先生と勘違いしたけれど、声が違った。男子生徒のようだ。

「え、何？　誰？」

誰かいるとしたら阪部先生だと思っていたのに、他のひとがいるなんて、どうしよう。あたしは慌てて、乱れたブラウスの前を掛け合わせ、制服の夏用セーターを捜した。足元で見つけたセーターを、頭から被った。前後が逆になっている気がしたけれど、直す暇はなかった。

「足元に、たくさん物があるから、不用意に歩くと危ないよ」

彼はゆっくりと丁寧《ていねい》に言った。まるであたしの心を落ち着かせるように。けれどあたしは慌てるばかりだ。だって誰にも顔を合わせたくなかった。どうして声の主は、こんなところにいるのだろう。誰だろう。……生物部の部員だろうか？　だったら、あたしのほうが部外者に違いない。

足元を見ると、確かに彼の言ったとおり、いろんなものが散らばっていた。古い教科書や参考書、実験道具の部品が外れて落ちていたり、汚れたチューブ、欠けたプレパラートが月明かりを反射してきらりと光った。踏んだら、転んでしまうかもしれない。別に怪我《けが》をしても、構わないけれど。

あたしは彼に訊《たず》ねた。

「あの、君の他に誰かいる？」

彼の姿はあたしから見えない。ちょうど衝立の向こう側の、こちらから見えない位置にいるらしい。

「いないよ」

と、彼は答えた。阪部先生はやっぱりいないらしい。ほっとするような、もやもやするような感じがした。彼が言った。

「君は誰？」

問われて、あたしは返事に困った。できるだけ、誰にも会いたくないと思っていた。ここにいることは、他人には知られてはならない秘め事だから。だけど眠っていたせいで、誰かが入ってきたことに気づかなかった。眠りは浅いほうなのに、自分らしくない失態だった。

「君こそ、誰なの？」

あたしは質問で返した。すると彼は少し考えるように沈黙した。

「怖がらないで、聞いてくれる？」

「え？」

「僕の名前は、正《ただし》。苗字《みようじ》はない……。僕は、骨格標本なんだ」

## 二

「骨格標本……」

あたしは呟《つぶや》いた。頭の上に疑問符がいっぱいになっている感じがした。きっと誰にも言いたくないのだ。だからって自分を骨格標本と自称する……いくら答えに窮《きゆう》したとしても、あたしはそんな言い訳はしないだろう。

名前を隠したいのはこちらも同じだった。お互いさまならば、それでいいかと思う。彼の声は穏やかで、あたしに危害を及ぼそうといった悪意は感じられず、申し訳なさそうな口調だった。

「人体模型じゃなくて……骨格標本なんて、あるんだ」

「いまは使われないね。他の学校から移動してきたんだけど、そっちでも全然使われてなかったよ。ちなみに出身は中国。メイドインチャイナ。あっ、本物の人体を使った乾燥標本ではなくて、ポリ塩化ビニル樹脂《じゅし》製の偽物《にせもの》。人間の全身で、自立は不可。吊《つ》り下げ式」

彼はきっといま、骨格標本の前に立っているのだ。そう思う。説明書きでも読み上げるような、淡々《たんたん》とした答えだ。

彼の嘘《うそ》に、あたしは付き合うことにした。

「使われないのは寂しいね」

「そうなんだよ。できれば授業でみんなに注目されたいんだ。僕の骨はとても美しいからね。大腿骨《だいたいこつ》。頭蓋《ずがい》の曲線美。バランスの良い眼窩《がんか》。わりと安価なんだけれど、なのにここまで精密に作られているなんて、素晴らしい見本だよ、僕は」

骨格標本の正は、とてもおしゃべりだった。

あたしは生まれたときから父親がおらず、母子家庭で育ってきた。身内に男性がいない。普段も男子生徒とは会話せず、唯一会話するのは阪部先生だけだ。その阪部先生が寡黙《かもく》だから、正ほどおしゃべりな男性は初めてだった。

　阪部先生、どこへ行ったんだろう。


　いまでも、はっきりと思い出す。二年と半年前——中学三年生の初冬だった。

あたしは私立の女子中学校へ電車通学をしていて、車内での痴漢《ちかん》被害に困らされていた。三年生になって急に体つきが女性らしくなってきたせいだ。乗る電車をどれほど変えても、車両を変えても無駄だった。

　自宅から徒歩で通学できる公立中学に転校したいと母に訴えたけれど、「あんたが誘っているんじゃないの」と冷たくあしらわれ、諦《あきら》めた。有名な企業で管理職として働く母は、男社会で女性性を殺して生き抜いてきたと自負していた。彼女に言わせるとあたしは甘えているだけだそうだ。

　あの寒い日も、あたしは満員電車の出入り口付近で、太ったサラリーマンの手に体をまさぐられることに耐えていた。ブラウスの下に分厚い下着を重ね、スパッツをはき、短パンをはき、スカートを極力長くし、髪を後ろでひとつにひっつめ、化粧気もなく、黒縁の眼鏡。なぜこんな色気のない地味一辺倒な自分に触りたがるのか、まったく理解できなかった。のちに「抵抗しなさそうだからか」と思い至ったのだが、それはずっとあとになった。

てからのことだ。

このサラリーマンは痴漢の常連だった。会社ではおどおどした態度でいそうな、大人しい雰囲気の男だった。車両を変えたのに、追ってきた。そこまでするものだろうか。何にせよ、思い知らせるにはちょうどいいだろう……。あたしはポケットに忍ばせていた画鋲《がびょう》をこっそりと摘《つま》み、太ももに這《は》う手目掛けて、突き刺そうとした。そのときだった。

「何してるんだ、あんた。ここで降りなさい」

あたしは一瞬、反撃しようとした自分が咎《とが》められたのかと身を竦ませた。けれど違った。振り返ると、コート姿の細身の男性が、サラリーマンの手首を固く摑《つか》んでいた。まるでテレビで見るような、悪質な痴漢を現行犯で捕まえた瞬間だった。

これが阪部先生との出会いだ。

三

「困っているひとを助けるなんて、ヒーローみたいだねえ」

正はけらけらと笑った。あたしは頷《うなず》いた。

「……うん」

他人から見れば陳腐《ちんぷ》でも、十五歳の女子にとって、夢みたいな出来事だったのだ。恋に落ちるのも、仕方がないほどの。

あたしのヒーローは高校教師だった。生物を教えていた。あたしは中高一貫の学校に通っていたけれど、彼の近くにいたくて、彼が勤めている高校を受験することにした。母には嫌がられたが、常に上位の成績をキープするという条件で、認められた。

正は言った。

「それにしても痴漢は嫌だね。大変だったね」

「うん」

「電車って乗ったことがないから、僕はちょっと憧《あこが》れちゃうんだけど……。あっ、でも満員電車に乗ったら、僕だったらばらばらになっちゃうな。そのときは助けてくれる？」

あたしは満員電車の隙間《すきま》で潰《つぶ》れて「助けて」と呟く骨格標本を想像して、笑った。

「今は家から自転車で通ってるから、無理だよ」

「家から近いの？」

「片道一時間くらい」

「遠い！」

「だって電車、嫌だもん」

正はずっとここにいるので、外を見てみたいんだと言った。

「人間に憧れてるんだ」

いつまで骨格標本という設定でいくのだろう……と思いながらも、付き合うあたしもあたしだ。

「外になんか、いいことないよ。あたしは骨格標本になりたい」

先ほど、正は自分を偽物だと言った。ポリ塩化ビニル樹脂製だと。ということは本物の人体を使った乾燥標本というものも、存在するのだろう。

あたしは骨格標本になる。たとえば正とこっそり入れ替わって、生物準備室でじっと佇《たたず》む。骨になったあたしに見えるものは、物が多い混沌とした部屋だけ。開かないドア、外れた部品、本やファイル、ホルマリン漬け、顕微鏡、欠けたプレパラート。授業で使われず、誰からも注目されない。そして、ソファで力尽きる阪部先生の息に耳を欹《そばだ》てる。

悪くない気がした。

四

阪部先生との恋は入学してすぐに始まった。学校の外で会うようになった。とはいえ、他の生徒や保護者に見つかるとまずいので、いつも夜だ。ずっと遠いところまで阪部先生の新車でドライブをする。学校が終わったあと、臨海《りんかい》公園の駐車場で週に一、二回。誰にも見つからないように。太陽の下で会えなくても構わなかった。仕方がない。

阪部先生には、奥さんがいるんだから。

「いつもごめんな」

後部座席から運転席に戻って、阪部先生が言った。

「先生と会えるだけで幸せだよ」

あたしも後部座席から助手席に戻り、言った。下着がずれているのが気になったけれど、帰ってから直そうと思った。こうして会って触れられるだけで、体が熱くなる。熱を解消したあとは、もう帰る時間が迫っていて、別れなければいけないことが悲しかった。

僅《わず》かな時間を最大限に使い、あたしはたくさん話した。

「家に帰りたくないな。お母さん、いつも怒ってるもの」

「まあ、美咲《みさき》が大人になって、耐えるっていうのもひとつだよ。お母さんにも辛いことはあるんだから」

阪部先生に諭《さと》されるのが、あたしは好きだった。母があたしに八つ当たりをするのは面倒臭いけれど、こちらが大人になって耐えてあげるというのも手だと、素直に思えた。それに阪部先生があたしの名前を呼んでくれる。何よりも幸せだった。

「悩みごとがあったら、なんでも話してくれ、な?」

「うん。ありがとう、先生」

阪部先生の言葉を素直に受け取り、あたしは何でも話した。ほんの些細《ささい》なことでも、なんでも。

先生に出会うまで、自分はずっと口下手で地味な存在だと思っていた。けれど実際はおしゃべりだった。自分でも驚いた。そして阪部先生はあたしに触れながら、「きれいな体だよ」と言ってくれる。痴漢にまさぐられたときはあんなにも気持ち悪かったのに、好きな人と触れ合うのは、こんなにも気持ちいいのだ。

「僕は美咲のお母さんが羨《うらや》ましいよ。美咲みたいな良い子が娘だなんて、最高の幸せじゃないか」

「そうかなあ」

あたしは自分を悪い子だと思う。

「先生のところ、子供いないんだっけ」

そういう話題も構わずに話した。阪部先生もあたしに何でも話してくれたのだ。

「いないよ」

「欲しいの?」

「まあ、できたらね。できないだろうな。だって奥さんとは……」

阪部先生は言葉を濁《にご》す。あたしの顎《あご》を持ち上げ、力強く唇を塞《ふさ》ぐ。そしてあとほんの少ししか時間がないのに、あたしたちはもう一度後部座席へ行く。

## 五

二年くらい、あたしたちは恋人同士として過ごした。けれど二年生の二月になって、阪部先生は忙しくなったみたいだった。あたしの学年の受け持ちではなかったので、詳しくはわからなかったけれど。

「毎年この時期は忙しいんだよ」

二月というのは多忙らしい。他の先生からもそう聞いた。我儘《わがまま》にならないよう、ここは我慢するしかない。

もともとあたしから連絡するのは控えていた。いくら夫婦生活が破綻《はたん》していて離婚秒読みだといっても、奥さんにあたしの存在が発覚するのはまずい。だから阪部先生は最初から、携帯に履歴が残るキャリアメールではなくＷｅｂメールを使っていた。

結局二月は一度もふたりきりでは会えず、三月中旬に一度だけ会って、そこからまた阪部先生からの連絡を待つ長い日々が始まった。待てども待てども四月に入っても連絡は来ない。あたしは阪部先生からのメールをすべて保護し、会いたくなったらメールを眺める。

五月になっても、一向に連絡は来なかった。じりじりした。学校ですれ違うときは絶対周囲に気取られないよう気をつけていたけれど、限界だった。かといって、校内で問い質《ただ》すなんてできっこない。

だから、阪部先生の家に行ってしまったのだ。住所は教えてもらっていなかったけれど、大体のエリアはわかっていた。住宅街の真ん中だった。あたしは健脚だったので、周辺を自転車でうろうろして、ある夜、二十時くらいに、見慣れた車がとまっている家を見つけた。

いつも日付が変わるくらいまで学校に居残って仕事をしているっていう話だったけれど、こんな早くに帰る日もあるんだ、と思った。窓から洩《も》れる明かりが眩《まぶ》しくて、あたしは自分の家へ戻ることにした。

次の日曜日に、あたしは再び阪部先生の自宅の近くまで行った。先生の車はとまっていなかった。すごく晴れた日だったけれど、風が強くて、寒い日だった。奥さんにねだられて仕方なく買ったという建売の一戸建て。狭小で、何の変哲もない四角い箱。車一台分の狭い駐車場と安っぽい支柱のカーポート。洋風の小さな庭で風に吹かれる洗濯物。正面の道路から短い階段をあがって、玄関ポーチがある。奥さんが犬を飼いたがっていると聞いたことがあるものの、犬小屋はなく、犬の気配もなかった。

先生の車が帰ってきたので、あたしは角に隠れた。

先生は狭い駐車場に、黒い車を押し込めるみたいに停める。いつも乗っている車だ。運転しているのは阪部先生で、助手席には女性がいた。

奥さんに違いなかった。見る限り、大した女ではなかった。美人でも可愛《かわい》くもない。むしろ不細工の域に入るのではないだろうか。あたしも身なりは地味なほうだけれど、あれだったらあたしのほうがずっと美人だ。

出会った順番が先だっただけなのに、彼女はこんな明るく晴れた日曜日に、彼の助手席に乗っている。出会った順番があとになっただけなのに、あたしはこそこそと隠れて、平日の夜にしか会えない。下唇を噛《か》み切りそうだった。

でも、ふたりで出かけていたのなんて、どうせ何かの間違いだ。もしくは、夫としての義務を果たしているに過ぎない。断れなかったのだろう。

そう思ったのに――。

助手席から降りてきた奥さんのお腹《なか》は、大きかった。車のドアを閉めたとき強い風が吹いて、奥さんがよろめく。運転席から急いで降りた阪部先生が、助手席に回りこんで優しく支える。

「足元、大丈夫か？　心配させないでくれ」

おろおろとしていた。

「これくらい平気よ」

奥さんは彼の狼狽《ろうばい》ぶりを笑う。けれど阪部先生は心配そうに眉を下げたまま。

そんな表情、見たことないよ。

六

『相談したいことがあります』

あたしは阪部先生へメールした。会わなくなって三カ月経ち、六月に入っていた。梅雨《つゆ》が始まっていた。連日、雨だった。

メールの返事は、三日後に来た。メールの受信トレイに名前が表示されているのを見た瞬間、泣きたくなった。この三日というもの、彼にどう話し、どういう返事が来るかをシミュレーションするのには十分な時間だった。けれどメールを開いて、落胆《らくたん》した。返事は冷たいものだった。『忙しくて時間が取れない』。ただ一文が書かれた、あまりにも素っ気ない内容だった。『少しだけでいいから』。あたしは食い下がり、再びメールを送った。返事は三日後に来た。『三十分くらいなら、いいよ』。

あたしには、僅かな時間しかない。

話し合いの場は、夕方の生物準備室だった。

「こんなところで、申し訳ないんだけど」

廊下側のドアは開かないので、生物室側のドアから入る。あたしにソファをすすめ、阪部先生はまずそう謝った。けれど話をするのに、それほど広い場所は必要ではない。

あたしはソファに掛けた。阪部先生はカーテンを閉める。

「車でもよかったのに。ほら、海とか」

臨海公園の駐車場が、あたしたちの定番だった。阪部先生はカーテンの暗幕《あんまく》を閉め切り、部屋はぐっと暗くなる。隙間なく閉めたから、阪部先生の居場所すらも見えなくなる。隣に座って、手が触れる。

「ちょっといま、車ん中、物が多くてさ」

知っているよ。彼の後部座席には、新品のチャイルドシートが載っている。

「そっか」

阪部先生はあたしの唇を塞いだ。温かくて、懐かしい感触だった。

相談したい内容なんか存在しない。結局、あたしたちは後部座席の代わりに、生物準備室のソファで抱き合ったのだった。僅かな時間、白衣を乱して、制服を乱した。彼が入ってきた瞬間、久しぶりだったので痛かった。痛いと言ったけれど、聞いてくれなかった。

## 七

ソファで仰向けになって足を開いたあたしの上で、体を揺らしながら、阪部先生は謝っていた。

「ごめんな」

どうして謝るのって問おうとしたけれど、あまりに動くものだから喘《あえ》ぎ声くらいしか出せないじゃないか。痛いのもどっかにいってしまって、もう何も考えられない。真っ暗だから怖くてしがみつく。あたしを守ってもくれないあなたに、あたしはしがみつく。

相談したいことなんかなかったけれど、言いたかったことならある。

嘘ばかりじゃんか。奥さんとの関係は破綻しているって言ってたじゃんか。なのに、あの日曜日の幸せそうなふたりは何？　子供は「できたら」。あたしの子供だったらどうなの？　あたしじゃだめなの？

そんなこと、ひとつも言えなかった。


体調が悪いと気づいたのは、夫婦の仲睦《なかむつ》まじい様子を見てしまってから一週間も経っていないころだった。四月に来るはずの生理が五月に入ってもきていないから、ほとんど確信していた。三月に一度だけ会った。そのときにできた子だろう。ずっと避妊していなかったのだから、できても不思議じゃない。

どうすればいいのかなんて、まるでわからなかった。本当にドラマみたいだな、なんてぽかんとしながら、どうしようもなくなって、病院の産婦人科に行った。嫌な記憶だから、あまり覚えてない。じきに母が、別れたはずの父を連れてきて、手続きをし、あたしの体からはあたし以外の命は消えた。

「いったい誰の子なんだ」

父から訊ねられたけれど、初めて会ったひとに説明しても、あたしの交友関係はわからないだろう。それに、父母たちの事情だって、似たようなものらしかった。母は、「子の父親は、あなたには関係がないわ。今日はありがとう」それだけを言って、あたしと母は父と別れた。もう二度と、会わない気がした。どうやら、同意書を書いて、お金を工面してくれたらしい。

迷惑をかけた以上、もし訊《き》かれたら答えるしかないとは思っていた。父に言ってもわからないだろうけれど、母に訊かれたとしたら……。

しかし母はあたしに何も訊かず、何も語らず、すべての出来事を粛々《しゅくしゅく》と処理した。何事もなかったみたいな日々が戻り、あたしたちはまた、何もかも元通りだった。

「先生、おめでとう。生まれたんだってね」

ことが終わったあと、あたしは途切れそうな意識の中でそう言った。阪部先生はくぐもった返事をした。肯定《こうてい》でも否定でもない。祝いの言葉なんか、あたしからは欲しくないみたいだった。一昨日、たくさんの生徒が、阪部先生おめでとうって言っていたのを見かけたのに。

彼はいまから、チャイルドシートを載せた車を運転して、あのせせこましい家へ帰るのだろう。それとも生まれたばかりだから、奥さんと子供はまだ入院しているの？　病院へ直行するのだろうか。

光と希望に溢《あふ》れた産院で、待望の男の子をひとしきり眺めたり、抱っこしたりするのだろうか。名前はどうするの。阪部先生の名前から、一字取るのだろうか。もう決まっているのならば、呼んでいるのだろうか。あたしには知らされない名前。

「おまえは、本当に好きな男の子供を産みなさい」

あたしの名前も呼んでほしいなと思ったけれど、先生の口から「美咲」が出てくることは、二度とないのだろう。

あたしは阪部先生が死ぬほど好きだった。本当に好きだから、高校なんかやめて産んだってよかった。どうにでもなるし、どうにかする。先生はあたしのことを好きだと言わなかったけれど、お互いそう思っているものだとばかり、勘違いしていたみたいだ。

あたしは、望まれて生まれなかった自分という存在意義のなさに苛《さいな》まれている。両親がちゃんとした手順で揃《そろ》い、これまで生きてきた子たちが、心底羨ましい。妬《ねた》んでいるから

――こんな思いを、自分の子供にはさせたくない。

気を失うように眠り、起きたら、阪部先生はいなかった。

# 八

「ねえ、お願いがあるんだけど……」

正の声で、あたしは我に返った。

正は、骨格標本と自称する男子生徒だ。生物準備室に阪部先生はおらず、代わりに彼がいた。中国製で、ポリ塩化ビニル樹脂製らしい。外の世界に憧れていて、満員電車に乗りたがる。

「何？」

「君、僕のこと、怖がらないよね」

「え、ああ、うん」

いまのあたしは、何も怖くない。失うものなど、何もないからだ。あたしがいったい何を持っているというのだろう？　唯一あるものは――生まれなかった子への罪悪感だけ。

「本当に怖がらない？　僕は骨格標本なんだけど。この姿を見ても……？」

衝立の向こうで、カタカタと骨が鳴る音がする。骨格標本から声が出ているところを、あたしは想像した。声帯も肺《はい》もないのに、どうやって声が出るのだろう。顎《がく》関節が動く様子を想像したら滑稽《こっけい》さが際立って、あたしは笑った。

「大丈夫だよ」

　正が人間ではなく本当に骨格標本だとしても、別にどうでもよかった。

「じゃあ、僕と踊ってくれない？」

「……踊り？」

「うん……僕、外を出歩けないでしょう？　せっかく君は怖がらないみたいだから、ダンスしてみたくて」

「ダンス……ってふたりで？」

「うん、一緒に。衝立を外すと、ここから校庭が見えるんだ。このあいだの春季文化祭のとき、後夜祭でダンスしていたでしょう？　衝立を写真部に持っていかれちゃってさ。パネルが足らないとかで。それでここから見えたんだ、校庭が。生徒がみんなしてパートナーと手を取り合って踊っていて……いいなあ、僕も踊りたいなあって……」

　風変わりなお願いだったけれど、叶えてあげたいと思った。彼のささやかな夢を叶えてくれるひとがこの先現れる見込みは薄そうだからだ。

「いいよ」

　あたしは衣服をただして、衝立を回り込んだ。床に落ちているものは踏むことにした。

ぐしゃぐしゃに踏みつけても構わない。

はたして衝立の向こうには、本当に骨格標本しかいなかった。高いポールが直立していて、いちばん上が前方に向かって湾曲している。その先端にフックがあり、人骨を吊《つ》り下げていた。正は頭蓋骨のフックをその細い指先で外した。まったくもって、骨格標本だった。本当に動いている。なんだか恥ずかしげに身を捩《よじ》らせている。

「どうかな。怖い？」

彼は喋《しゃべ》った。どこから声が聞こえるのか。耳ではわからなかった。でも不思議と怖くない。

「ううん。狭いから、こっちに行こう」

あたしは正を促《うなが》した。ソファの周辺だけが、唯一のスペースだ。窓からは月明かり。足元には物が散らばっていて、踊る隙間なんてほとんどない。

「ねえ、あたし、オクラホマミキサーとマイムマイムしか踊れないよ」

「それって何？　ダンスにも種類があるの？」

知らないならいいかと思い、向かい合って、正の冷たい指先と自分の指を絡めた。あらためて見てみる。ぽっかりとした眼窩、風通しのよさげな肋骨《ろっこつ》、ぴんと姿勢の良い背骨。わりと、足が細くて長い。あたしよりも背が高い。見上げた。

「ぴったり百七十センチだよ」

「そうなんだ」

「個人的にはあと五センチ欲しい。男として」

「気持ちはわかる」

　あたしたちは笑い合い、てんでなってない、気の利いたステップも名前もないダンスを、手を繋いでできとうに踊った。くるくる回る。正は動くたび、カタカタと乾いた音を立てる。月だけが目撃者だ。顎が動き、彼が喋る。

「わあ、楽しいなあ。嬉《うれ》しいよ。本当に踊ってもらえるなんて、思いもよらなかった！言ってみてよかった！」

「いいよ。気が済むまで踊ろう」

「やったー！」

　黄ばんだポリ塩化ビニル樹脂、伸びやかな体、軽すぎるステップ。声は弾み、とても楽しそうでなによりだ。彼には表情筋がないのに、いま明るい笑顔だとわかる。あたしも嬉しくなってくる。

「怖がらないでくれて、一緒に踊ってくれてありがとう！　君に出会えてよかった、君がいてくれてよかった！」

あたしは思い知る。存在するだけでいいのだと、誰かに言われたかった。ずっとずっと求めていた。彼は踊りながら笑っている。あたしは泣きそうになる。でも笑おう。せっかくこんなにも楽しいのだから、笑っていよう。


あたしは目を覚ました。

生物準備室は雑然としていた。物が多かった。とても静かだ。六月の長雨がやみ、雲の切れ間から月明かりが差していた。もうすぐ梅雨は明ける。そんな感じがする。

ふと物音がした。生物室へ繋がっているドアが静かに開き、阪部先生が顔を覗《のぞ》かせた。どこへ行っていたんだろうと思ったけれど、先生は言わなかった。

「もう帰るから。出なさい」

とだけ言った。

最初から最後まで、あたしたちには時間がないままだった。

「相談なら、また何でも聞くから、な?」

阪部先生はドアを開けたまま、こちらを見ずに言った。あたしはソファから立ち上がる。枕にしていた鞄を手に提《さ》げた。鞄の中に、阪部先生を刺すための包丁が入っている。

けれど真っ直ぐ、帰るだけだ。あたしの家に。

あたしは黙っていた。

――別に、相談したいことなんて、もう何もないです。あなたはあたしを捨てたつもりでいて、あたしに捨てられたんです。あなたは、あたしにとって不要になりました。

言ってやりたかった。声を荒らげて、罵《ののし》りたい衝動に駆られた。けれども言葉は飲み込んだ。吐きそうだ。でも我慢した。これこそ精一杯の復讐《ふくしゅう》だった。

彼に言う必要はないのだ。人生相談も、あたしが何をどう考えているのかも、あたしの子供のこと、お祝い、呪い、罵詈雑言《ばりぞうごん》、別れの言葉も。

耳を欹《そばだ》てる。衝立の向こうは静かだった。

ソファの足元にはたくさんのものが落ちている。雨はあがり、すべてがぐちゃぐちゃに踏み潰されている。教科書や参考書には上履きの足跡がつき、汚れたチューブは奇妙に捻《ねじ》れて、プレパラートは粉々に砕け、月に照らされてきらきらと輝いていた。

まるで誰かがここでダンスでもしていたみたいだ。こんなにも狭いところで、作法も名前もないダンスを。ひとりだとこれほど大変なことにはならないだろうから、もしかしたら犯人は、二人組かもしれない。

# ☑ 夏のかたわれ

一

あら、どうしたの？　サユミちゃんが保健室なんて、珍しいじゃない。

具合が悪い？　いつから？　ちょっと失礼……熱はなさそうね。今日、朝食は食べられた？　えっ、食べてないの？　じゃあ食欲はある？　あるのね。お昼休みまでまだ二時間あるけど、我慢できる？　大丈夫ね。ちょっと目が充血しているかしら。寝不足？　少し休もうか。

いま誰もいないよ。こっちのベッドを使ってね。空調は寒くない？　実は外が暑かったから、下げすぎちゃったの。二十八度に設定しなおすから、暑かったら言ってね。

ほんと、今日も朝から暑いねえ……。今朝、わたし五時前に目を覚ましちゃったんだけど、外ったらもうすっかり明るくて、しかも夜明け前にもかかわらずすでに暑いのよ。九月に入ったっていうのに、いったいいつまでこんな気温が続くのかしら。ひどい残暑になりそう。まあ、台風が沖縄にみっつも来ているみたいだから、台風がいくつか過ぎ去ったら、徐々に秋になっていくのかもしれないね。

あっ、ごめん。保健室利用者名簿、自分で書ける？　はい、ペン。……一年B組。十時半より……。一年B組といえば、三時間目と四時間目は水泳でしょう。こんなにも暑いしいい天気なら、プールに入るのはいいね。屋外だからこそ気持ちよさそう。わたしはプール苦手だけど、生徒たちは楽しそうで何よりだわ。ここの窓を開けてもプールは見えないけれど、賑《にぎ》やかな声はしっかり届いてくるの。

やだ、開けないわよ。せっかく部屋が涼しいのに、窓を開けたら冷気が逃げて、一気に暑くなっちゃうじゃない。わたし、暑いのダメなのよ。

……あ、わかった。サユミちゃん、プール嫌いなんだ。その顔は当たりだね。もしかしてそれで保健室に来たわけ？　ははあ、つまりサボリっていうことね。はい、わかりました。そういうことなら……B組は大倉《おおくら》先生ね。体育も大倉先生だったわね。あとで先生に報告させていただきます。

えっ、大倉先生には前もって言ってあるの？　授業を抜け出してきたんじゃなくて？　嘘《うそ》でしょう。あの先生ってむかしから生徒に厳しくて、簡単にサボリを許してくれるとはとても思えないんだけどな。サボリじゃなくて本当に具合が悪くても、倒れるまで許してくれないもの。そんなことない？

わたしが高校生のとき、大倉先生が担任だったの。

わたしが高校生のときっていうのはこの学校が建ってすぐだから、いまから十年くらい前かな。意外と若いのよ、わたし。

　大倉先生は当時からずっとバスケットボール部の顧問でね。そりゃあ厳しいひとだったわ。厳しい割に……生徒に親身になったり熱血だったりはしなかった。生徒に対して厳しいのはつまるところ自分にとって都合よく動かすためって感じ。事なかれ主義で、生徒がどんな正論で問題提起しようが、頑《がん》として受け入れない教師だった。

　いまでこそ六十歳近くなってずいぶん人間が丸くなったものだけれど、当時は鬼神《きじん》って雰囲気だったよ。生徒にはオオクラじゃなくてオニクラって裏で呼ばれていたし。それこそ見た目どおり。あの厳《いか》つい風貌《ふうぼう》、そのままの性格してた。

　そんなだったから、「プールに入りたくない」って願いを聞き入れてくれるなんて……大倉先生、加齢のせいで耄碌《もうろく》してきちゃったのかな。大丈夫かしら？

　昨今多いみたいよ。定年前にアイデンティティが崩壊してしまう男のひと。仕事ばかりしてきたのにそれを失うわけだから、定年後を憂《うれ》いて不安になるんですって。自分よりもずっと年下の生徒たちに四十年も「先生」なんて呼ばれちゃうんだから、自分は偉い存在なんだ！　って勘違いしちゃうのも無理もないでしょうね。むかしのひとは特にそう。社会人経験のない、ただの生徒の延長なのにね。

　うふふ……わたし、教師のくせに教師が嫌いなの。

えっ、サユミちゃん、大倉先生好きなの？　あちゃー、ごめんごめん。ひとが好きなひとのこと、悪く言うものじゃないね。

でもちょっと信じられないなあ。大倉先生が好きだなんて。いったいどこが？　プール入りたくないの許してくれるくらい性格が丸くなったから、生徒にも好かれるようになったのかなあ。

えっ、その大倉先生が「保健室へ行くように」って、サユミちゃんに言ったの？

……なるほど、わかったよ。サユミちゃん。

あなた、プールの「田中《たなか》さん」に足を引っ張られたんだね。

二

「田中さん」の噂《うわさ》は聞いたことある？

知らない？　簡単にいうと田中さんは、プールで泳ぐ女子生徒の足を引っ張る、女の子の霊。彼女はもともとここの生徒だったの。

聞いたことないって？　まあ、噂を知っているひとは、いまは少ないかもしれないな。

だってプールの水底で足を引っ張られるのは特定のクラスの女子に限るし、なかでもサユミちゃんみたいなきれいな顔立ちをしている子だけを選んでいるんだから。

十年ほど前の、九月上旬。

ちょうどこのくらいの時期だった。蟬《せみ》がじゃんじゃん鳴いて、アスファルトは焦げ臭くて、湿度が高くて、茹《う》だるみたいな季節。今年の夏と似ているわ。

田中さんはどちらかというと大人しいグループに属している、高校一年生だった。いまのわたしみたいにデブじゃなくて、もっとほっそりしていたわ。肌が白くて長い髪をおさげにしていて、化粧っけもなくてスカートの丈も規定どおり。地味で真面目な文学少女を想像してみて。だいたい合ってる。成績は中の上ってところかな。公務員のお父さんと専業主婦のお母さんと、三歳年上のお兄さんとの四人家族。

ごく平凡に生まれ育った大人しい女の子だったんだけど……ひとつだけ特別な才能があったの。

それは——声。

美しい声。

彼女は合唱部の部長だったわ。まだ一年生なのになぜ部長かっていうと、学校が建ったばかりで、合唱部も発足したばかりだったから。

田中さんはすごくよく伸びる高音の持ち主だった。ソプラノを担当していた。恐ろしいほど歌が上手だった。合唱部は発足するやいなや、合唱コンクールの県大会に出場したの。この学校は創立時、運動部に力を入れようとしていたのだけれど、思いがけず田中さん率《ひき》いる合唱部が現れた。

合唱部は田中さんを筆頭にどのパートにも素晴らしい生徒が揃《そろ》っていた。なかでも田中さんの才能は突出していた……。学校は張り切って彼女を推すようになって、たとえば翌年の生徒募集の広報活動にも積極的に彼女を登用していったの。ほら、パンフレットとか。

田中さん本人は、断れなくて困ったようね。

田中さんは、見た目はまあ特別不細工ではないものの、決して美しくもなかった。平安《へいあん》時代ならもてもてだったかも。肌が白くて瘦《や》せていて平たい顔でパーツが小さくて……。日本史の教科書に載っているような……。もはやブスかもね。

だけれどたったひとつの才能のために、一時もてはやされてしまった。最初こそ推されるのを嫌がっていた当人も、持ち上げられて悪い気はしないでしょう。満更でもないって思うでしょう。

「ブスが目立っていい気になってる」

なんて陰口《かげぐち》を叩かれるにいたるのも日を要しなかった。さらには派手な女子グループに目をつけられて、いじめにまで発展したの。

プールでの事故が起きたのは、そんなときだった。

三

九月上旬、火曜日。三時間目と四時間目は体育——水泳だった。

授業前の休み時間に呼び出されて右足を蹴《け》られた田中さんは、足が痛むので休ませてほしいって先生へ言おうとしたけれど、自分を叱咤《しった》して、授業へ参加することにした。

水に入るにはちょうどいい夏日よ。でも田中さんの心中は凍りつくように冷たい地獄《じごく》だった。いじめっこの女子グループとは同じクラス。足が痛む。また、何かひどい暴力をふるわれるかもしれない……。

いじめをしていたグループの中でも、特にリーダー格の片岡《かたおか》さんという女子生徒は、田中さんを目の敵にしていた。片岡さんはバスケ部で活躍しながら生徒会にも入っていて、すごく目立つ子。部活動では彼女も好成績を残していたの。運動能力抜群で背が高くてすらっとしていて、目鼻立ちがはっきりしたソース顔の美人。いまでいうリア充って感じかな。まあ、えてしてそういった子の性格は激しいわね。試合で相手と戦わなくちゃいけないのだから当然よね。

片岡さんは、田中さんとは対照的だった。

学校側が広告塔として合唱部と田中さんを持ち上げれば持ち上げるほど、片岡さん一派は面白くなかった。実は片岡さんは受験前から、新設校の期待の星として、大々的に広告塔となる予定だったの。

学校側も馬鹿《ばか》じゃないから、運動部も文化部もどちらも優秀ですって宣伝していたわ。けれど、他人が持ち上げられると自分が下がったように感じるひとっているのよ。良くいえば向上心が強く、悪くいえばプライドが高すぎる。

双方が仲良くできるかというと、そんなはずもない。多くの生徒は広報に関心すらなかったけれど、片岡さんとその周囲は面白くない思いを抱えていた。あとから現れて自分たちよりも目立つ存在になったことを、片岡さんたちが許せるはずがなかったわけね。嫉妬《しっと》って言葉で片づけられたらよかったんだけど、田中さんに対するいじめは、起こるやいなや、どんどんエスカレートしていったの。

田中さんは、学校のなかでは終始怯《おび》えて過ごすようになった。けれど間近に控えた全国大会のためにもちゃんと登校はしてきていた。それすらも片岡さんたちにとっては面白くない。何もかもが面白くない。

だからあれは、起こるべくして起こった事故だったのかもしれない。

プールの授業が始まると、全員が準備体操をするでしょう。それから水につかって体を慣らす。その日はクロールの練習で、フォームを習い、一通り指導が済んだあと、実際に二十五メートルのプールを泳ぐことになった……。

第八レーンに入った田中さんの隣、第七レーンには片岡さん。準備の隙《すき》を衝《つ》いて、片岡さんは田中さんの右足を再び蹴ったの。笛の音が鳴って、それぞれがクロールで泳ぎ始める。田中さんも痛みを我慢して泳ぎ始めた。けれど我慢しようとすればするほど激痛になっていく……。

足が攣《つ》ったのは、そのときだった。それも左足。蹴られていないほう。痛む右足に極力負担を掛けまいと左足を酷使《こくし》していたら、筋肉に限界が訪れたみたい。右足以上の強烈《きょうれつ》な痛みが左足を襲う。右足もじくじくと痛いまま。

両足が使えなくなったら、どうなる?

すぐ、田中さんは溺《おぼ》れてしまった……。

# 四

両足が使えなくなった田中さんは、両腕で必死にもがいたわ。

塩素の味の冷たい水に沈みながら、力の限り叫んだ。「助けて、助けて！」……って。持ち前のきれいな声で叫ぼうとするものの、ほぼ沈みつつあった彼女の口は、声をあげるどころか水を飲むばかり。

頭上に昇る太陽は白く光った。そのうち、意識のすべてが真っ白になってくる。死を覚悟した彼女はこう思った。誰のせいでこうなったの？

「呪ってやる」

他のことは何も考えられなくなって、恨みだけが胸に湧いたの。怨嗟《えんさ》は声にはならなかったけれど、強く強くそう思った……。焼けつく太陽のよう。心が壊れてしまったのね。

プールサイドで順番を待っていたクラスメートたちは田中さんの異変に気づいた。しかし突然の事態に動揺して、誰も田中さんを助けられない。溺れているひとを助けるのは危険だから、クラスメートはそれでよかったの。

ところが持ち前の運動能力で誰よりも先に二十五メートルを泳ぎきった片岡さんは、振り返って田中さんが溺れているのを見て、慄《おのの》いた。自分は大変なことをしでかしたのではないか？　彼女が溺れている原因は自分にあると、瞬時に気づいたの。

まだプールの中にいた片岡さんは、田中さんを助けるべく咄嗟《とっさ》に第八レーンの真ん中へ泳いだの。もともと判断能力が高いのね。いじめはしたけれど見殺しにするほど悪人でもなかったのよ。

片岡さんは第七レーンを真ん中まで泳ぎ進んで、そこで一旦《いったん》立ち、ぷかぷか浮かぶ鮮やかな青色と黄色のプール用コースロープをくぐり、第八レーンでばしゃばしゃと飛沫《しぶき》をあげる田中さんへ手を伸ばした。

それがいけなかったのね。

田中さんには、誰が助けにきてくれたのかなんてわからない。ただ伸びてきた腕に必死で縋《すが》る。溺れている最中のことだから、本当に、藁《わら》をも掴《つか》む状態。

いくら田中さんが痩せていて細くて軽いとはいえ、溺れているでしょう。そして片岡さんの運動神経が優れているとはいえ、体格は大きくはないし、水難救助の心得があるわけでもない。

だからミイラ取りがミイラになるのも仕方のないことだった。片岡さんは引っ張られて体勢を崩したの。腕を掴まれて水底へ。引っ張られる。水中で天地の感覚がわからなくなる。もがく。息ができない。息が苦しくて口を開けると水が流れこんでくる。

ふたりして溺れることになった……。

# 五

当時も体育を担当していたのは、大倉先生。

いじめが引き起こした事故について責任問題になったにもかかわらず、事故にいたるまでいじめの存在に気づかなかったなどと言い張って、学校に居座り続けたの。だから出世もできなかったわけだけれど、本来ならば責任をとって職を辞してもいいくらいの事故よ。とはいえ大倉先生は、初動は遅れたもののふたりの女子生徒を救助したし、彼の通報ですぐに救急車が来て処置をすることになったから、最低限のことは果たしたと、責任は逃れたの。

もしひとりでも死んでいたとしたら、ここまで処分は軽くはなかったでしょうね。

そう。この事故では誰も死んでいないの。

片岡さんはずいぶん水を飲んで、低酸素が影響して脳に深刻なダメージを受けてしまった。治療やリハビリには半年以上もの期間がかかったけれど、それでも懸命な治療によって、ほぼ元通りの生活が送れるようになったみたい。学校側の配慮で留年せずに進級した。事故を招いた加害者だけれど、学校も配慮が足りなかったと謝罪していたわ。のちに大学にも進学した。事故の後遺症は少しあるみたい。物忘れが普通のひとよりも多かったり、体を動かしづらかったり……。とはいえ、それだけで済んだのは不幸中の幸いね。

田中さんのほうは……。

生命にかかわることはなかった。でも……溺れたときのショックで声が出せなくなったの。全国大会を控えているのに、ソプラノの声が出せなくなってしまった……。日常生活にはさほど支障はなかったけれど、合唱部としてこれから飛躍していく大切なときに声を失うなんて、どれほどの苦しみだったでしょう。右足や左足の痛みの比じゃない。彼女の生活は、これまでとそれからとで一変したわ。

声を失くした田中さんもまたリハビリを続けた。だけど、全国大会は呆気《あっけ》なく過ぎ去っていった……。

全国大会でのソプラノパートは、彼女抜きになった。ソロパートは代理が務めたわ。他の部員たちも素晴らしい歌声を聴かせたけれど、田中さんが率いていたら、さらに素晴らしいものになったはずなのに……周囲は残念がったわ。けれどどうしようもできない。

声が出せないあいだ田中さんは勉学に励んだ。おかげで成績は上がっていった。けれど、学校の広告塔としての任は降りたの。成績が良いだけのただの生徒では、お役ごめんというわけね。

もともと乗り気ではなかったとはいえ、やりきれない気分だったでしょうね。そしてそれ以上に、声を出せない自分が辛かったでしょう。冴《さ》えない自分に神様が与えてくれたたったひとつのギフトだと思っていたのに。悔しかったでしょう。

けれど、広告塔としての役割が彼女には重かったのもまた事実だった。片岡さんみたいにやっかむ生徒がいて睨《にら》まれるし、目立っても良いことなんてない。せいぜい名誉欲が満たされるだけ。

声を失くした田中さんは何の特別感もない普通の子になった。部活動は辞めて飲食店の裏方でアルバイトを始めて、声が出ないだけの普通の女子高生になった。同時に、いじめもなくなった。その分、心は軽くなったでしょうね。

# 六

事故の翌年の夏のこと。

そのころになると田中さんは、やっと声が出せるようになっていた。

けれど以前のような声ではなかった。不思議なことに、声の質が変わってしまったの。どうしてなのかしら？　でも、声が出ないのに居続けることに肩身が狭くて合唱部はすでに退部していたから、治った声がソプラノでなくても構わなかった。

二年生になった田中さんは水泳の授業にも参加したわ。理由もないのに休むのを、大倉先生が許さなかったから。

もともと、そのせいで昨年の事故も起きたの。どうせ許してもらえないから、田中さんは訴えること自体を諦《あきら》めていたのね。大倉先生に「休ませてください」と言うことを。

その日、田中さんはまた第八レーンだった。水の中に立った瞬間、一年前の事故のことを思い出して足が竦《すく》んだ。心なしか足に痛みも感じる。気持ちを奮い立たせて、深呼吸した。

隣のレーンは片岡さんではない。片岡さんとは進級の際に別々のクラスになっていたからね。小山《こやま》さんっていう、片岡さんと雰囲気の似た感じの子だった。

笛の音が鳴る。スタートラインに並んでいた生徒たちが一斉にスタートする。田中さんも泳ぎ始めた。足の違和感は拭《ぬぐ》えないけれど、田中さんは泳いだ。

そして……事件は起きたの。

ううん、正確には、事件が起きたのは、田中さんが二十五メートルを無事に泳ぎきったあと。第七レーンを泳いでいた小山さんもまた、少し遅れて泳ぎきった。小山さんは、水から顔をあげた。青褪《あおざ》めた顔を。

小山さんの具合が悪いのだと察知した田中さんは、小山さんに声をかけた。

「顔色が悪いけれど、大丈夫？」

すると小山さんは目を見開いて、怯えるように首を横に振った。そして水からあがって、田中さんからすぐさま離れていったの。田中さんは彼女の様子を怪訝《けげん》に思ったものの、体が大丈夫そうならいいかと思い、放っておくことにした。

しばらくして、田中さんの耳に「ある噂」が聞こえてきたのね。

それというのは、

「プールで溺れ死んだ田中さんが、水底で足を引っ張る」

というもの。

いや、わたし溺れ死んでないけれど……と田中さんは最初は苦笑いだったものの、噂はその夏、生徒のあいだに流れつづけた。

まあもちろん田中さんは生きているわけだから、デマだということはすぐにわかるのだけれど。

噂を聞いた田中さんは実際に足を引っ張られたというひとに、睨まれるようになった。足を引っ張られたひとは、田中さんを一目見ると怯えて睨んでくるから、すぐにわかった。

そして被害者には特徴があったの。いずれも運動部に所属している、ソース顔の美女ばかり。つまり以前田中さんをいじめていた、片岡さんの系統の顔立ちってこと。

## 七

最初は噂話に過ぎないと笑っていた田中さんも、こうも片岡さん似のひとたちばかりが被害者になっている事実が怖くなってきた。

だから田中さんは、ある放課後、日が暮れるころにプールの敷地に入りこんだ。プールは使用していない時間帯は施錠《せじょう》されている。でもフェンスさえ越えればいいのだから、侵入は簡単。誰もいないのを確認してプールへ向かうといつもどおり水が張ってあったわ。

彼女は橙色《だいだい》に染まる水底に目を凝《こ》らしてみたの。

　水面はきらきら光って、水はたゆたって、夕陽を乱反射する。茜《あかね》色に変化している太陽、空気は停滞していて、塩素のにおいに満ちていて、時折生温かい風が吹いてはすぐに暑くなる。残暑だった。

　プールサイドを歩きつづけたものの、田中さんの目には何も見えなかった。ソース顔の美女たちはこぞって、田中さんそっくりの女子生徒が水底に沈んでいて、自分の足を引っ張ってくると訴えているのに。

　田中さんは靴下だけを脱いで、第七レーンのプールサイドに腰掛けて水に足をつけた。どれほど気温が暑くったって、水は冷たい。きんと肌を冷やす水温に身震いをして目を閉じたときだった。

　田中さんは声を聞いた。


「呪ってやる」


　田中さんは驚いて目を見開く。

　プールの底には相変わらず何もなかった。水底は塗料の水色。青色と黄色のコースロープが水面にぷかぷか揺れる。夕暮れに染まる空。乾ききったタイルのひび割れた隙間から伸びる雑草。周囲には誰もいない。

しかし声はする。

きれいなソプラノの声よ。自分が一年前の事故で失った、大切だった美しい声が……水底から恨みを吐いているの。

田中さんは再び目を閉じた。

「呪ってやる」

そのとき田中さんは悟ったの。溺れた事故を機に自分の心が軽くなった本当の理由を。たとえば学校の広告塔として使われるという本意ではない重責や、合唱部の部長として全国大会で好成績をおさめることを期待されている、そのプレッシャー……。心が軽くなったのは、声を失ったことで重圧を手放したからだ。

目を閉じていると、自分の声が聞こえてくる。

それは、「助けて、助けて」や、「呪ってやる」ばかり。恨み言。――あのころ、疲れていたのでしょうね。

もちろん歌には計り知れない喜びがあったわ。それでも執拗《しつよう》ないじめや体の痛みに比べて、才能なんて、手放すに惜しいものだったかしら。生きているほうがずっと大事だと知っているわ。

——水底には確かにわたしがいる。ソプラノの声が沈んだままになっている。それとともに沈むのは壊れた心。疲弊《ひへい》し切った心。そして呪詛《じゅそ》。

……それらをわたしは水底に置いてきてしまっていたんだ……。小山さんや他の生徒たちを襲ったものの正体は、わたしが水底に落としたものだったんだ……。

# 八

あら、もう四時間目が終わったみたい。お昼ね。

話しこんだせいでぜんぜん眠れなかったわね、ごめんなさい。サユミちゃん、具合はどう？　お昼は食べられるわね。じゃあ大丈夫だわ。そろそろお戻りなさい。

——いまの話は事実かって？

それはサユミちゃんのほうがよく知っているんじゃないかしら。プールで足を引っ張られるから、授業に出たくないんでしょう？

そう、田中さんの生霊《いきりょう》はいまだプールの底で、ソース顔の女子生徒の足を引っ張っているの。でも田中さんを恨んでも仕方ないから、自分の顔を恨むのね。

……サユミちゃんったら勘がいいね。

そう、「田中さん」はわたし。

高校を卒業して大学へ進学して、養護教諭になったの。けれどこうして母校に戻るとは思わなかった。本当は別の学校を希望していたから。でも教師のクチって、けっこう難関でね……大倉先生に口添えをしてもらって、なんとか潜り込むことができた感じかな。

それなのに、大倉先生を嫌っているのはおかしい？

おかしくないわ。恩義なんてない。あのひとには莫大《ばくだい》な貸しがあるの。いまの話を聞けば、わかるでしょう？

いじめを見て見ぬふりし続けたこと、そしてわたしにも片岡さんにも謝罪しなかったこと……いまとなっては片岡さんもまた被害者だと思うの。大倉先生の。

そして彼は出世ができなくなっても教職にしがみついている……。わたしにとってすべてが面白くないわ。

そうはいっても、屑《くず》にも利用価値があるのだから利用しない手はないでしょう。むしろ利用価値がなくなったら、彼が生きている理由すらわからない。

もしも当時の大倉先生が、生徒の訴えを素直に聞いてくれる教師であったのならば、わたしは自分の事情を率直に話したし、足が痛むのを理由に水泳の授業には出なかったでしょう。

別の選択をした場合にどういう結果に繋《つな》がるかは、わからない。プールの事故がきっかけで女子グループによるいじめがなくなったのだから、もしも事故がなければいじめはなくならなかったかもしれない。

けれど事故がなければ少なくともわたしの心は壊れなかった。呪いを吐くこともなかった。

肩の荷をおろせたのには安堵《あんど》したよ。けれど、荷を背負っていたとしてもわたしはきっと全国大会に出て、期待されたとおりの結果を残したでしょう。

二度とあの舞台に立つことはできない。震えるほどの感動を味わうことはない。

……だからわたしから分離した水底の「田中さん」は、大倉先生が体育を受け持つクラスの女子生徒ばかりを狙うの。大倉先生ができるかぎり困るようにね。困らないのなら、死んだほうがましよ。

大倉先生は身に覚えがあるから、サユミちゃんに言ったように「保健室に行くように」と促《うなが》すわ。生霊に怯える女子高生をわたしに会わせることで、わたしの態度を軟化させようとしているの。可愛《かわい》い女子高生に、ほだされるようにね。

相変わらず無責任だわ。

わたしの体はいまも生きているけれど、心の一部はあのとき死んだのね。

声、心、呪い。

すべてはまだプールの底に沈んだまま。

プールサイドを歩いて水に足をつけたあの日……わたしはプールから、わたしの落としたものたちを拾いあげなかった。そしてこれからも拾いにはいかないでしょう。

いまも時々、涼しくなった時間を見計らい、ひと気のない静寂《せいじゃく》なプールサイドを散歩しているわ。夕方。茜色の光が水面に反射する、美しくてどことなく物悲しく、奇妙に懐かしい光景。しばらく歩いて、瞼《まぶた》を閉じると聞こえてくる。

かすれる悲鳴と、死を覚悟して放った呪詛。

まるで泣いているみたいなわたしの声よ。

☐

☐

☐

☐

☑ 人魚姫

☐

☐

☐

# 一

僕の高校には、七不思議がある。

正確には、あるらしい。曖昧《あいまい》なのは、僕が知っているのは七不思議のうち、ひとつだけだからだ。他の六つのことはそれほど知りたいとも思わないし、そもそも七不思議というものに興味はなくて、知っているひとつに関しても、成り行きで知っただけだ。だから本当に七つあるのかどうかは知らない。

高校は丘の上にある。建設されて十年ほどの比較的新しい学校だ。だからこそ、七不思議ができる土台なんてないのでは。と思う。

とはいえ、僕が知っているひとつは、ちょっと例外ではある。敷地内に、まるで腫瘍《しゅよう》みたいにくっついている古い池が、七不思議の舞台だからだ。新しい校舎とは違って、そこは何らかのいわくがあっても仕方ないほど、古くて雰囲気がある場所だ。

校庭を挟んで、校舎や校門のある位置とは反対側に、部活動に入っている生徒が使う、各部のための部室棟が建っている。部室棟の裏側は小さな林になっている。学校建設前からずっとある雑木林で、鬱蒼《うっそう》と茂った林の中に、しんと静かな小さな池があるのだ。そして池のほとりにはなぜか背丈の低い桜が一本だけ立っている。

きれいな水ではなく流れもない。ゴミを捨てる輩《やから》もいるから林はちょっと汚れている。妙に暗い感じもするし、積極的に散歩をしたいスポットではない。桜があるとはいえ、いや、桜があるからこそ雰囲気が増している。そういった妙な空気がある場所についてまわるのが、不思議な話というものだ。


「肝試《きもだめ》し、参加する?」

と訊《たず》ねてきたのは、同じクラスの樋口《ひぐち》だった。

七時間目の授業が終わった直後、各々教室を出て行く流れにのって演劇部の練習に行こうとしていた僕を捕まえて、誰にも気づかれないように小声で訊ねてきた。悪い計画を練っているのは明白だといえる、ものすごい悪代官面《あくだいかんづら》をしていた。

樋口は高校に入ってからの友人だ。友達を誘っていたずらに興じ、生徒指導の先生から逃げ回っているところを何度か見かけたことがある。性懲《しょうこ》りもなく、見つかれば叱《しか》られるに違いない肝試しなるものを企画しているらしい。

どちらかというと僕は常に傍観者を決め込み、トラブルからは一歩離れるよう気をつけているのだが、今回は少し心惹《ひ》かれた。

樋口は言った。

「ちょっと行き詰まってるんだろ？　気分転換にさ」

先日、校内で行われる秋季合同発表会で演劇部の出し物をどうするのかを決めた。脚本や小説など創作の好きな僕は、いつもどおり脚本を担当することになった。

だが実はさいきん、人生で初めてのスランプというものに陥《おちい》っているのだ。そのため、脚本の進捗《しんちょく》が悪い。期限は迫っているというのに一向に進まない。

そして昨日、うまくいかない件をクラスメートの何人かにこぼした。その話が、樋口の耳にも入ったのだろう。

「学校の七不思議体験。いいアイデアが浮かぶかもよ」

「校内で？　……入るわけ？　無理じゃん」

肝試しということは、夜間に行われると予想された。しかし放課後、部活動終了を報せるチャイムのあと、一時間ほどで校門は閉じられ、裏門も施錠《せじょう》される。そして敷地をすべて囲うようにフェンスが張られている。教職員用のＩＤカードがなければ、どこから入りこもうと監視カメラに映り、警備員が飛んでくるだろう。

捕まったら停学になるのではないだろうか。絶対にやってはいけないことだし、僕はルールを遵守《じゅんしゅ》する性分だ。

「仕方ないひとだな、君は。冒険心が足りない」

樋口の言葉にむっとして押し黙ると、樋口は声をひそめた。

「たぶんあの林だけなら見つからずに入れる」

敷地の端《はし》っこにある林のことだ。

「あそこもフェンスがあるだろ」

「あんなフェンス、簡単にのぼれるじゃん？」

確かに、自分の背丈より少し高いくらいだから、せいぜい二メートルだろう。

「いや、のぼるなよ」

樋口はまったく聞いていない様子だった。すっかり計画を遂行する気満々だ。それにいつの間にか、僕も参加させられる方向だ。

「むしろ林以外は厳戒態勢で、マジであそこしか無理なんだよ。でも、林だけは、フェンスのある公道側じゃなくて、林を抜けた校庭側に監視カメラとセンサーがあるんだ。なんか、不思議だよな」

「まあ……言われてみれば」

林は学校の敷地の端っこにあり、公道に面しているほうは防犯としてフェンスに囲われている。しかし、監視カメラは公道に面したフェンスの傍《そば》ではなく、校庭と部室棟との境界のあたりに設置されている。

　さらに、カメラが映しているのは校庭の方角だった。見ればわかることなので知っているが、さほど疑問には思っていなかった。いわれてみれば、外部からの侵入を抑止する気はないような……配置として奇妙ではある。

　樋口はにやっと笑った。

「どうして監視カメラが校庭側にあるのか……そして校庭の方向を向いているのかは知ってる？　どんな七不思議か、も？」

「知らないけど……。池に幽霊が出る、とか？」

「幽霊なんて陳腐《ちんぷ》なものじゃないよ」

　じゃあ何が出るんだよ、と訊ねたが、樋口は意味ありげな表情で去っていき、答えてはくれなかった。きっとそれが彼の手管《てくだ》だったのだ。僕の興味を引くための。

二

「結局、見られなかったたな。人面魚」

　肝試しはあっけなく終わった。帰り道、すでに時刻は二十一時を回っていた。駅の前にある、ひとびとが待ち合わせに使う噴水の前で、缶コーヒーを飲みながら、参加した五人でなんとなく話をしていた。今日の反省を切り出したのは企画者である樋口だった。

「人面魚?」

僕は結局、池に何が出るのかを聞かされないまま参加していたため、つい訊ねかえした。

「むかし、人面魚がいるって噂《うわさ》があったんだよ」

と、樋口はあっさりと答えた。そんな噂があったなんて初めて聞いた。初耳だったのは僕だけではないようで、クラスメートのひとりである桂木《かつらぎ》が首を傾《かし》げて、

「人面魚?　人魚じゃないのか?」

と言った。

「人魚?」

僕がそちらに訊ねると、彼は「そう、人魚」と頷《うなず》いた。

「桜の池に人魚が棲《す》んでいるって噂」

「人魚……」

そんな、人魚だの人面魚だのという噂のある池だったなんて、思いもよらなかった。

先ほど一周してきた池を思い返すが、特に怖いとは感じなかった。むしろ人魚というワードを聞いて、僕の頭に「人魚姫」案が湧いた。脚本のネタにどうだろうか。

秋季合同発表会は、自由度の高い催《もよお》しや屋台も出る春季文化祭とは違って、歌舞音曲の発表に重きを置いている。

演劇部には、お客さんが楽しめるように、明るい演目にする慣習がある。人魚姫は悲劇だが、アレンジすれば良い劇になりそうな予感がする。個人的にも悲劇はそれほど好きではなく、できれば気持ちが上向きになるものにしたい。

それにしても、肝試しの目的――人面魚が人魚だなんて、一字抜けるだけで大幅に印象が違うものだ。

「なにか思いついたか?」

樋口が顔を覗《のぞ》きこんできた。朗《ほが》らかな笑顔で、裏のなさそうな表情だった。

「うん?　何が?」

「ほら、脚本に行き詰まってただろ?」

どうやら彼は僕の進捗を、本気で心配してくれていたらしい。意表を突かれたが、僕は頷いて答えた。

「おかげさまで。なんとかしてみるよ」

「そっか。よかった」

「あ、そうだ。それで、カメラはどうして校庭側なんだ?」

「ああ。それは配線の都合らしい。部室棟から監視カメラの電源とってて、公道側にするのが難しかったんだとさ」

樋口は飄々《ひょうひょう》と答え、僕は落胆《らくたん》した。

「なんだそれ」

彼はしてやったりという顔で笑った。

三

それからすぐのことだ。

教室で授業を受けていたとき、ふと生臭いにおいがして、僕は顔をあげた。

いちばん後ろの窓際の席からは、自分より前方に座っている生徒たちの後ろ姿が見える。誰が真面目に授業を受けていて、誰が不真面目に余所事《よそごと》をしているのかも丸わかりだ。教壇では相変わらず現国の教師が作者の気持ちについて説明している。

窓の外へ視線を転じると、三階にある教室からは校庭が一望できた。秋の空ははるかに澄《す》んでいる。ここ数日、秋晴れが続いていた。四季の中でこれほど過ごしやすい季節があるだろうかというような、素晴らしい天気だった。

この生臭さはどこからきたのだろう？　水槽みたいな……あいにく、教室にそれらしいものは見当たらない。外からだろうか？　そう思ってぴんと背筋を伸ばしてその場から確認したけれど、廊下側のドアも窓も、外側の窓も、どこも開いていなかった。隈《くま》なく見回したが、本当にどこもかしこも、一センチも開いていないように見えた。

ではいったい、何のにおいだろう。しかし自分以外は気づいていないのか、それとも気にしていないのか、不審がっている生徒はいなさそうだった。本当に？　これほどにおうのに？　どんどん臭気は強まっていた。じき、鼻をつままなければ我慢できないほどになっていた。慌てて挙手をして、

「すみません、窓開けてもいいですか」

と教師に許可をもらい、立ち上がって窓を開ける。風は入ってきたが、しかしにおいは消えなかった。

そして不思議なものを見た。教室の窓からは校庭が一望できる。部室棟の裏の林も見える。校庭では体育の授業をしているのだが、そこから離れた、校庭の隅《すみ》。部室棟の端に、制服姿の女子生徒が立っていて、無表情で僕を見ていた。こんなにも離れているのに、見られているとわかるほど、強い視線だった。しかも女子生徒はびしょぬれだ。異常にしか思えない。

いつの間にか、女子生徒の足元に水たまりができている。この距離なのにはっきり見えた。連日、秋晴れだというのに、大雨でも降ったかのように。

「う、うわっ」

思わず声をあげて、足がもつれて尻餅《しりもち》をついた。教室内の視線を一身に浴びる。

「どうした?」

「えっ、あの、いま」

慌てて外を示すと、教師や窓際の生徒が外を見る。僕も再び立ち上がり、窓の外を見たが、女子生徒の姿など、最初からなかったかのように忽然《こつぜん》と消えていた。そしてあれほどひどかったにおいも、急に消えた。

「すみません。変なものが見えて」

教室にいた何人かが「え、虫?」と勘違いしてきょろきょろと周りを見回した。「虫じゃない」と僕は答えた。ざわめきはやがて落ち着き、授業に戻る。けれど僕の心拍数は早鐘のように打ったまま、なかなか落ち着きを取り戻せなかった。

僕が見てしまったのは、虫よりも、もっと怖いものだ。そう思った。

# 四

水浸《みずびた》しの女子生徒を見てしまったときから、嫌な予感はしていた。彼女が僕のほうをじっと見つめていたからだ。そして嫌な予感は的中した。

次に彼女の姿を見たのは、翌日。放課後の校庭だった。

本校舎の二階にある演劇部の部室で脚本の執筆《しっぴつ》に励み、帰るころには十九時半を回っていた。十九時に部活動終了のチャイムが鳴ったので、ほとんどの生徒はその時点で帰り支度をする。しかし原稿のきりがつかず、三十分ほど超過してしまった。他の部員も帰り、最後のひとりになってしまっていた。部室のパソコンでの作業をやめて、データを部の備品であるUSBメモリに移し、施錠をして階段をおりる。昇降口まできたとき、周囲には誰もいなかった。強いライトがあたっている校庭が、広々として見えた。

校庭に人影がある。まだ誰か残っているのだ。

ほっとしたのも束の間、違和感を覚えた。相手との距離は三十メートルほどだろうか？目を細めてじっと注視する。ジャージ姿やユニフォーム姿ではない。制服姿の女子だ。珍しい。放課後の校庭に残っているのは運動部と相場が決まっている。ましてやこんな時間だ。けれど女子生徒は制服姿で佇《たたず》み、こちらを見ていた。その場から動かず、僕を見ている。

　ぞわり、と怖気《おぞけ》だった。

　変なにおいがする、と気づいたときには遅かった。今度はにおいのほうがあとからきた。いま目の前にいる彼女は――つい昨日の授業中に目撃した、水浸しの女子生徒に違いない。確信した瞬間から、においが増していく。以前よりも距離が近く、腰までもある黒髪や、濡れてはりついたブラウスやスカート、青白い肌も確認できた。足元にあるのは影ではなく、水たまりだ。

　足が縫《ぬ》いつけられたようにその場から動けなかった。しかし彼女もまた動かずにこちらを見ている。見ているだけなのだ。そうわかったら、僕は動けるようになっていた。慌てて、校門へと走る。

　校門を出て丘を駆けくだる。街灯はあるけれど人通りも車通りもない住宅街を抜けていく。駅への道のりは、ひらけていて見通しがいいけれど、誰もいない。焦りからか、いつもよりも駅が遠く感じられた。ひとけのある場所に出たとき、つい泣きそうになった。においは消えてなくなっていた。

そして気づいたのだった。

大事な原稿データが入ったＵＳＢメモリを、どこかで落としたということに。

五

翌朝の早いうちから、僕はＵＳＢメモリを捜しに学校へ向かった。メタリックレッドという目立つ色だから、すぐに見つかるだろうと思ったものの、捜索は難航した。昨日通ってきた道、街灯のない丘の道、慌てて出てきた校門、昇降口、二階の部室の前まできても、見つからなかったのだ。

誰かに拾われたのだろうか。職員室で訊ねてみたが、落とし物の類《たぐい》は届いていなかった。ではやはり学校外だろうか。落とし物がなかったか、交番に聞いてみようか……。

しかし脚本の締切が差し迫っているので、早めに書きあげたい。できればすぐにでも原稿を完成に近づけたい。幸い、部室のパソコンにはデータが残っている。ＵＳＢメモリの替えはいくらでもあるのだから、最悪あのＵＳＢメモリがなくなっても、謝るか弁償すれば済むことだ。一応、交番へは帰りに訊ねることにして、今日はこのまま部室のパソコンでできるだけ書こう。ＵＳＢメモリを捜す時間を、書く時間にあてたいのだ。

　昼休みのあとに、生徒による校内の清掃が行われる。昇降口の担当である僕は、いくつも並んだ下駄箱を小さな箒《ほうき》で掃き清めたり、落ちた砂埃《すなぼこり》を集めたりしていた。同じ場所の当番になったもうひとりがゴミ捨てに行っているあいだ、手持ち無沙汰《ぶさた》になった僕は他にゴミが残っていないかをチェックしていた。

　嫌なにおいがした。においのもとを探す。嫌だ、と思っていても、探さずにはいられなかった。きっとどこかにいるはずだ。あの水浸しの女子生徒が。

　昇降口を出てすぐのところに、水たまりを見つけた。あれだ。しかし、水たまりだけだった。周辺を見回しても、女子生徒の姿はない。

　恐る恐る水たまりへ近づくと、生臭いにおいがする。藻《も》に覆われた水槽のような……この水からにおっているのは、間違いなかった。しかしあたりには、怪しい人影はなかった。

「どうした？」

　同じ当番だった男子生徒がゴミ箱を抱えて戻ってきた。声を聞いて、安堵《あんど》する。

「いや、なんでもないよ」

「足元、何か落としてるぞ」

　彼の言葉に、僕は下を見た。そこにあったはずの水たまりは、乾いて消えている。それほどの水量があったわけではないし、土だからすぐに染みこんでしまったのだろう。そう思いたかったが、そんなはずはない。しかし、すっかりなくなっていた。

そして水たまりの代わりに、メタリックレッドのＵＳＢメモリが落ちていた。

「……あ」

僕がどこかで落とした、脚本の入ったものに相違なかった。拾いあげる。と、かすかに生臭いにおいがした。

## 六

それからしばらくのあいだ、女子生徒の姿は見かけなかった。理由は不明だが、無論、いいことだ。怪異が去ったのだから。

そんなとき、クラスメートであり同じ演劇部に所属し、怪力と手先の器用さを活《い》かして大道具を担当している桂木から、池が埋め立てられる話を聞いた。奥行きのある部室のいちばん奥にあるパソコンを使い、僕は脚本の続きを書いており、彼は部屋の真ん中で壁沿いにある小道具の棚の整理をしていた。

「埋め立てられるんだって、池」

僕はふと顔をあげ、パソコンの向こうにある小窓の外を見た。風のある雨の日で、たてつけの悪い小窓に雨粒は打ちつけられ、桟《さん》には水滴が滲《にじ》んでいた。

「池って、林の？　あ、そう。埋め立てられるんだ」

肝試しをした池のことだ。

「そうそう」

「あそこって、人魚がいるんだったか」

小窓から校庭は見えないが、いまにもどこかからあのにおいが漂ってきそうで怖い。メタリックレッドのUSBメモリの中に入れていたデータは無事だったが、なんとなく使用する気になれず、抽斗《ひきだし》の中に仕舞いこんである。

桂木が言った。

「それでおまえ、『人魚姫』にしたんだっけ。そう言ってたよな」

「ああ、うん。そうだよ」

アンデルセンの人魚姫を、少し改変して脚本にしている。人数や予算、都合に合わせて変えなければならない。

目の前のパソコンで開いているデータは、魔女の隠れ家を訪れた人魚姫が、魔女にそそのかされて尾びれが足に変わる薬を飲むシーンだった。人魚姫が人間になる、重要なシーンだ。これ以降、主役は声を失い、動作だけで演じなければならない。大変だと思う。

「……あ、そうか」

僕は、自分の置かれている状況が、少しわかった気がした。

あの女子生徒は、くだんの——池の人魚ではないだろうか。

彼女は池のほうから現れた。最初に教室の窓から見かけたときは、部室棟の端にいた。林の近くだ。その次に見たのは校庭だった。その次は昇降口。どんどん校舎へ近づいてくる。それにどんな意味があるのかはわからない。

彼女の足元にできる水たまりは、池からあがった証拠だ。池からこちらに向かっているのは、まず間違いないだろう。

彼女が現れ始めたタイミングは、肝試しのあとからだ。であれば、彼女が人魚という説には信憑性《しんぴょう》がある気がする。

あのとき、肝試し自体はつつがなく終わったはずだ。何も起こらなかった。何か不謹慎なことをした覚えもない。だが、なにかしらが彼女の逆鱗《げきりん》に触れ、恨みをかったのかもしれない。つきまとわれる理由には心当たりはないが、気づいていないだけかもしれない。

人魚姫——自分は人魚姫側の視点で書いているから、物語は悲恋だ。しかしたとえば王子様側からこの物語を見たら？　なかなかホラーじみているのではないだろうか。

僕は嵐の海に落ちて奇跡の生還をしたわけではないが、人外の者にストーキングされるという状況が、なんとなく自分と重なる。

# 七

ふと気づくと、部室にひとりきりだった。夜のようだ。空気が冷たい。肌寒く、身を震わせた。誰かの声がする。

「桂木?」

僕は顔をあげた。脚本を最後まで書き上げたあと、どうやら居眠りをしていたらしい。桂木の姿はどこにもなく、彼が椅子《いす》に置いていたはずの荷物ももうないところを見ると、帰ってしまったのだろう。

慌てて時計を見ると、二十時を過ぎていた。部活動終了のチャイムが鳴っただろうに起きられず、もうすぐ最終見回りの時間になってしまう。見回りが終われば校門が閉まる。

再び声がする。廊下からだろうか。自分以外にもまだ残っている生徒がいるようで、途切れずに聞こえてきた。女の子が数人でこそこそ話しこんでいるみたいな声だ。はっきりと聞こえるというほど近いわけでもなく、かといってまったく聞き取れないほど遠くもない。なんとなく耳を欹《そばだ》てる。

……ばいい。……して。してしまえば。

刺してしまえば。

刺しましょう。

不安でたまらなくなる。なんと物騒な話をしているのだろうか。

小窓の外は雨脚が強くなっている。そして、なんとなくにおう。生臭いような、水のにおいがする。

なんの前触れもなく部室の蛍光灯《けいこうとう》が一瞬またたいて、突然、小窓の外にひとが立った。すぐ外だった。上半身——制服のリボンが見える。女子生徒だ。傘もさしていない。

……ここは二階だ。

後じさって、ドアに縋《すが》りついた。ドアノブを回そうとしても開かない。内鍵はかかっていないのに、回せないのはどうしてなのか。焦れば焦るほどうまくいかない。

水のにおいは急に強くなって、小窓がかたかたと震える音をたてる。やはりドアノブは回らない。なぜ。

廊下にいるはずの誰かに、僕は助けを求めようとした。その人物の気配がドアのすぐ傍に感じられた。向こう側から開けてもらえると思った。そのとき、女子生徒をそそのかすような声が、ドアの向こうからした。

「刺してしまいなさい」

冷たい空気が部屋に入り込んでくる。奥の小窓が開いたのだ。ぬうっと腕が入ってくる。手にはナイフを持っていた。雨に濡れて刃は美しく輝いている。「人魚姫」で僕も書いた。あれは血を浴びるための凶器だ。王子様を刺す道具だ。その血を浴びれば、人魚姫は救われる。

「刺せば、泡となって消えることはない」

背にしたドアの向こう側に誰かが立っている気配がある。この向こうにいるのは、人魚の姉なのだろうか？　切羽詰まった声……妹を助けたがっている声だ。

小窓から入り込んできた女子生徒は、ドアに縋ったまま硬直し、座り込んだ僕の目前まで迫ってきた。ナイフを持つ手は青白く病的だ。無表情で僕を見下ろしていた。

そのときだ。

ドアの外にあった気配がかききえ、生きた者の気配が近づいてきたのは。

「おい、まだ残ってるのか？」

どうやら最終見回りの先生だ。力が抜ける。顔をあげると、もう彼女――人魚の姿はなかった。ただ、生臭い水たまりが、小窓から僕の目の前までつづいているだけだった。

# 八

秋季合同発表会の練習が始まって、演出家としての役割も担《にな》っている僕はさらに忙しくなった。しかし演出というのは、新しい物語を書いたり脚本を書いたりするときよりは、重圧は感じない。筋道があるので、それに沿って肉付けしていけばいいからだ。

練習の合い間の休憩中、桂木が言った。

「あの池、埋められたんだってさ」

「……桂木、あの池のこと、よく気にしてるよな」

埋め立てられると聞いたのも、桂木からだった。「人魚姫」を書くきっかけとなった池ではあるが、怪異の記憶はいまだ生々しく、苦い気分になってしまう。あれは、やはり人魚だったのだろうか。人間になった人魚……。

「おれらさ、前に、あそこに肝試し行ったじゃん」

桂木が思い出したかのように言う。

「ああ、うん」

誰だったかが立てた企画で、夜に林に忍び込んで、それぞれが池を一周して帰ってきただけの、何の変哲もない肝試しだった。特に何もなかった。

「あそこって、どうして校庭側に監視カメラやセンサーがあるのか、知ってる？」

「部室棟から電源とってるからだろ」

これも誰かが言っていたことだ。誰が言ったのかは、忘れてしまったけれど。

桂木は首を振った。

「違うよ。池から何かがあがってくるから、校庭側にあるんだ。公道側に作ったら、池の何者かは、校内に入って来放題になるだろ？　実際、センサーが反応するんで見に行ったら、不自然な水たまりができてることがあるらしい。でも何がいるのかは、監視カメラには映らないんだと」

「へんなこと言うなよ」

たぶん、あの人魚は埋め立てによっていなくなってしまったのではないか。そう思う。なんとなくでしかないものの、もう二度と会わない感じがする。なぜ足を生やしてまで僕を追ってきたのか、見当もつかない。たぶん、これは永遠にわからないままだ。

桂木が言った。

「それに、いまいちわからないんだよな。付き合いの悪いおまえが、肝試しに参加したなんて。どうしてだったんだ？」

「それは……僕もよくわからない」

普段は不要なトラブルには近づかないよう気をつけている自分が、どうして肝試しに参加したのかわからない。それどころか、誰が言いだしっぺなのかさえわからない。

「そもそも企画したやつ、おまえだっけ？」

僕は訊ねた。桂木は首を振る。

「そっちじゃねーの？」

「そんなわけないだろ」

「だよな」

ふたりして、企画者についてしばし考え込んだが、答えは出なさそうだった。しかし、まあいいかという気分になってきた。どうやら桂木も同じらしく、

「それにしても、思い切ったよな」

と話題を変え、脚本の表紙を見て薄く笑う。

「ああ、まあね」

僕は頷いた。人魚と思われる何者かに追われた僕は、やっぱり暗くて悲しい物語を舞台にするのは嫌だと思い、人魚姫を従来のものとはかけ離れた、ハッピーエンドにあつらえなおしていた。全体的にコメディ調で、お笑い要素もかなりとりいれている。

「よし、練習再開しようか」

もしも僕が王子だったとしたら、欲張りかもしれないが、みんなに幸せになってほしい。

妻になった女性にも、恋に破れてしまう人魚姫も、劇を見るひとにも、笑ってほしい。

- ☐
- ☐
- ☐
- ☐
- ☐
- ☑ 僕の休憩
- ☐
- ☐

僕はとても疲れていた。

「不思議な階段」を初めて見つけたのは、そんなときだ。

ある秋の、放課後のことだ。

担任の河野《かわの》先生に用事を言いつけられた僕は、本校舎の四階にある埃《ほこり》くさい資料室で先生ご所望のファイルを捜しあてたあと、それを持って中央階段をおりていた。

四階から三階への階段をおりる途中、何かが視界にちらついて、窓の外をふと見た。水色の空があった。雲ひとつない秋晴れだった。いい天気だ。

三階におりたところで足を止めて、目を細めた。本校舎はL字型だ。五十メートルほど離れた校舎の端《はし》に、西階段がある。そこで何かが動いている。僕はこれに気をとられたらしい。

よく見ると、どうやら西階段から、誰かがこちらに向かって手招きをしているようだ。相手がいる屋内は暗いために見づらいが、制服を着ている風に思えるので生徒だろう。ずいぶん激しい動き方をしていて、明らかに僕を呼んでいた。おそらく友達だろうが、顔まではわからない。誰だろう?

しかし急いで河野先生へ届けなければならないファイルの存在を、はっと思い出した。足を止めている場合ではなかった。急いで二階にある職員室へ向かい、河野先生へファイルを渡したあと、西階段へ向かった。しかし到着したとき、すでに誰の姿もなかった。強く呼ばれた感じがあったのだが……。誰だったんだろう？

だが、誰もいないならば仕方がない。諦《あきら》めて二階にある教室へ足を向けた。教室に鞄を置いたままなのだ。鞄を取り、塾へ行かなければならない。ここから教室へ行くには、中央階段をおりるのが最短ルートだ。誰もいない本校舎の三階を、僕は急ぎ足で歩いていった。

三階はひどく静かだった。

いくら放課後とはいえ、どの教室にも人っ子ひとりいないのも珍しい。

……そんなことがあるのだろうか？

ふと、階段室と札のついた金属扉を見つけた。

（階段室？）

階段室……そんな存在を初めて知ったので、少し驚き、腕組みをして考えた。階段室というのだから階段があるのだろう。……こんなところに階段なんてあったか？

廊下の壁と扉の色が一続きになって見える。だから、まるで忍者屋敷のカラクリのように隠れていて、いままで気づかなかったのだろうか。教室への最短ルートかもしれないと思いながら、僕はその扉を開いた。片開きの金属扉は重かった。軋《きし》む音がした。

一歩中に入り、すぐに内側の奇妙さに気づいた。コンクリート造の校舎が、木造校舎に姿を変えている。壁も床も階段も、無機質でくすんだ色合いの校舎ではなく……やたら感傷を誘う木造に。まさかそんな馬鹿《ばか》な……。これでは別の建物ではないか。

けれど驚きよりも、好奇心が勝った。いま戻ってしまったら、すべてがなかったことになる気がした。もしかして学校の怪談にありがちな、十三階段を見つけたのかも……。

深呼吸して、おりながら段数を数えてみる。一段おりるたび、木の板がみしみしと音を立てる。階段をくだり、踊り場に立ってみる。駄目だ。半分まで来た時点で十段ある。

頭よりも少し上の位置に大きな窓があり、やたらに青い空を切り取っていた。そのとき僕は、ああ、ここから呼ばれたんだと思い至った。先ほど僕を呼んだ誰かは、この窓から手を振っていたのだ。根拠も何もないが、いわば第六感といったものだ。

この学校は創立十周年そこそこの新設校であり、木造校舎とは無縁だ。外観も内装もシンプルで洒落《しゃれ》ている。だったらこの「階段室」は、おかしな空間としかいいようがない。おそらく、学校であって学校ではない場所なのだろう。

薄暗くて薄汚れた木造校舎はどこか懐かしい感じがする。けれど本能的に警戒しているようで、鳥肌がたっていた。怖い。恐怖もある。しかし高揚《こうよう》もしている。恐怖と緊張と冒険心が綯《な》い交ぜになる……。

僕は踊り場に体育座りをし、自分が入ってきた扉を見上げた。片開きの金属扉だったのに、こちら側から見るとなぜか硝子《ガラス》窓の嵌《はま》った木製の引き戸へ変化していた。歪《ゆが》んでいるのか光が洩《も》れている。その光にはなんとなく、いつでも戻れるはずだという安心感があった。

もし戻れなかったら……と、ぼんやり考える。それでもいいと思った。一度座ってしまうと、立ち上がるのは時間がかかりそうだった。僕は疲れていた。

目を閉じるといつもある記憶がフラッシュバックして、夢か現《うつつ》かわからない状態になる。

僕は、むかし暮らした家の廊下に座り込んでいる。突然、頭上で包丁が振り上げられて、本能的に避ける。すると、それまで僕がいた場所に包丁が突き刺さる。

父が拳《こぶし》を握りこんで、呻《うめ》き声をあげている。拳の中から血がしたたる。包丁を突き刺した際、手を怪我《けが》したらしい。避けたことを責める視線が、包丁の代わりに僕を刺した。

この世のものではないような声が発せられる。

『死ね』

このままでは殺されてしまうと思った瞬間、先ほど父に殴られて気を失っていたはずの母が意識を取り戻して、父から守ろうと、僕へ飛びついてきた。

『逃げなさい』

耳元で、くぐもった声がする。

母の肩越しに、父が見えた。父はフローリングの床に刺さった包丁は諦め、血まみれの素手を母へ伸ばしていた。

『邪魔をするな』

ごつごつと骨張った大きな手で母を縊《くび》る。やがて鈍い音がして母が事切れた。首の骨を折られたのだ。薄茶色のきれいな色をした瞳、形のいい鼻、いつも微笑《ほほえ》んでいた唇から、黒い血が垂れた。すべてが僕の眼前で起きている。

逃げなければ殺されてしまう。頭ではわかっていても、恐怖に竦《すく》んで、体がまったく動かない。そうこうしているうちに先ほど人間をひとり殺《あや》めた獣が、次なる獲物——僕へと迫る。背中は壁だ。冷たい床。もう逃がさないと言わんばかりの双眸《そうぼう》に捉《とら》えられる。食われる。

気がつくと、僕は踊り場に横たわっていた。肩で息をしながら身を起こし、息を徐々に整える。最後に溜息を吐《つ》くと落ち着いた。

どうやら、また過去の記憶に苦しめられていたらしい。

＊

いったいどれぐらいここにいたんだろう……。そう思いながら、慌てて階段をのぼった。入ってきた扉を開ける。見慣れた教室郡……元の場所だ。

けれど——ふと振り返ると階段室への扉は、すっかり影も形もなくなっていた。あとにはコンクリートの壁があるばかりだ。

（やっぱり……）

自分はどうやら、どこか異空間へ迷いこんでいたらしい。しかもそこで居眠りをするなんて。

腕時計を見る。すごく時間が経っているかと思いきや、腕時計の針はほとんど進んでいない状態だった。はっきりと時間を確認したわけではないから、実際どの程度経過しているのかは判然としないのだが……。

毎晩、眠る前にも記憶に苦しめられる。なかなか寝付けずに過ごすうち、いつの間にか朝になっている。まるで時間が奪われているみたいに過ぎ去っていく。そういう日々を送っているから、ずいぶん時間が経ったのではないかと思ったのに……。

壁の継ぎ目を探しても、隠し扉の形跡はない。

階段の窓が空の青を四角く切り取っていたように、あの階段は、時間を切り取って存在している空間なのだろうか。


その日、帰り道のことだ。

踏み切りを渡ろうとしたら警告音が鳴り始めた。足を止める。

急に誰かから呼ばれた気がして顔をあげると、踏み切りの向こうに誰か、懐かしい感じのするひとが立っていた。

思わず足を踏み出そうとして思い留まった瞬間、上りの快速急行が轟音《ごうおん》を立てて過ぎる。何両も連結した車体の隙間《すきま》で、視認できるはずがないのに誰かが手招きをしているのが見える。すべての車両が通り過ぎると、誰もいない。

僕を呼ぶのは誰なのだろう——。誰もいないところに実はいるとすれば……それは、死者。心当たりがあるならば、母か。それとも父だろうか。

父の思い出は、彼の起こした無理心中に集約されている。それ以前のものはほとんど覚えていない。

周囲からはめちゃくちゃで迷惑な人間だったと散々な評価だった。中小企業の社長をしていて、景気の良いときは羽振りのいい成金《なりきん》で、景気が悪くなった途端に酒に溺《おぼ》れて屑《くず》に堕《お》ちたらしいが、たぶんその本質は景気の良し悪しにかかわらず、ろくでもなかったのだろう。それでも僕にとっては父だった。子供にとっては、豪快で朗《ほが》らかでいい父でもあったのだ。

しかし、妻を縊り殺し、さらには十歳の息子にまで手をかけようとした。マンションの隣人が異状に気づいて通報し、警察が駆けつけたとき、廊下は血の海だった。

父の顔も——妻を殺害後に包丁で自死と報じられた新聞に載っていた顔写真以外、すっかり記憶がなくなってしまった。

僕は誰もいない踏み切りの上を歩いていく。

＊

ふと気づくと、所属している生徒会の会議の場だった。くすくす笑いが聞こえる。僕に向けてのものだと自覚し、羞恥《しゅうち》で顔が赤くなる。意識がはっきりする。嫌な夢を見た。つまり寝ていたのだ。

慌てて立ち上がり、「すみません」と叫ぶ。周囲は声をあげて笑った。

「じゃあここまでにしようか」

会長が苦笑しながらそう言って、会議はお開きになる。ちょうどチャイムが鳴り響いた。いつの間にか窓の外は真っ暗だ。秋の日は暮れるのが早い。吹く風は冬の気配がする。

「生徒会室、閉めて帰ります」

僕が言うと、先輩たちは各々「よろしく」と言って出て行く。見送って、すぐひとりきりになった。溜息を吐いて椅子《いす》に掛ける。自分で自分に驚いた。

普段はそんなことはしないのに、居眠りなんて。とはいえ、完全に眠っていたわけではなく、うつらうつらしていたらしい。かろうじて耳と手は動かしていたようで、議題はノートにとってある。ただ筆記はひどく乱れ、注意深く見つめなければ自分でも解読できない。いまのうちに、きちんと清書しておけばなんとかなるか……。


再び階段を見つけたのは、その日の帰り際だ。

今度は、生徒会室のある第二校舎の三階だった。本校舎の職員室へ鍵を返しにいこうと廊下を歩いていると、ふと妙な気分になった。壁を見ると「階段室」への扉がある。金属製の片開きの扉だ。一見して壁と扉が一続きに見える点が、以前本校舎で見たものと一致していた。

こんなところに階段などないことはよくわかっていた。つまりあの異空間は、「入り口」の位置は問わないのだ。おそらく時間も問わない。いつでも、どこにでも現れるのではないだろうか。

僕は階段室へと入る。

周辺の様相が急激に変化する。いつもの校舎から、どこか懐かしい木造校舎の階段となる。以前は日暮れ前だったから明るかった。しかし今日は明かりなどまったくない暗闇《くらやみ》で、階段をくだることができたのはひとえに、窓に切り取られている月明かりのおかげだった。

紺色の夜空に白い月が浮かぶ。

廊下にいたときよりも暖かい。僕は数段くだり、階段に腰掛けた。すると妙に心が落ち着いた。腕時計を見ると、秒針が止まっていた。フラッシュバックに襲われたときにも感じたように、ここは時から切り取られた間隙《かんげき》なのだ。

両親が無理心中をはかったのは僕が十歳のときだった。僕はその生き残りだ。

『あの夜のことを教えてくれる？』

惨劇《さんげき》が明けたあとしばらくは、刑事からの質問責めに遭《あ》った。泣きも混乱もせず、僕は答えた。

『お酒を飲んで暴れるようになったお父さんがある日、帰ってくるなり僕に包丁で襲い掛かってきました。僕は包丁を避けて、お母さんは僕を庇《かば》い、首を絞められて死にました。気がつくと、お父さんは血の上で横たわっていました』

僕はひたすら静かに答えた。何度も繰り返すうち、すらすらと言えるようにさえなっていた。機械へ録音し、再生ボタンを押すのと同じだ。意味を持たない言葉の羅列《られつ》だった。

『お父さんとお母さんはどんな話をしていたかな?』

『お父さんは僕に死ねといい、お母さんは僕に逃げなさいと言いました』

*

無理心中事件のあと、僕は遠縁の親類に引き取られてこの町へ来た。

親類は最初こそ戸惑っていて腫物《はれもの》扱いだったが、心根のいいひとたちで、時間が経つにつれて僕は新しい家族に馴染《なじ》んだ。それからずっとここにいる。

転校生として小学校へ通い、中学校へ通い、家から徒歩五分の高校へ通学している。すべては静かな川の流れのように平穏だ。そのうちに、過去はどんどん遠ざかっていく。時間の流れは残酷《ざんこく》なまでに速い。日々、たくさんの出来事が起こる。あっという間に、めまぐるしく過ぎる……。

　それでも忌《い》まわしい記憶からは逃れられない。いつまでも逃げられないのだろうか。目を閉じれば、包丁を振り下ろされる。いつか父が振り下ろす包丁の先端を避けられず、鋭利な切っ先に額《ひたい》から裂かれる日が訪れるのではないだろうか……。

『お父さんが家で暴れるようになったのは、会社が傾いたせいです。会社が傾いた原因は、お母さんが霊感商法に騙《だま》されて、高額商品を次々に買い漁《あさ》り、浪費をしていたからです。お金の不安を抱え、お父さんは仕事が手につかなくなってしまいました』

『お父さんはそれでお酒を飲むようになったんだね』

『はい。ずっと家にいて、お酒を飲み、暴れました。お母さんは逃げようとしました。お母さんは、実は長年、不倫《ふりん》をしていました。お金持ちのお父さんと結婚する前に、とても貧しい男性と付き合っていたんです。結婚してからもずっと、そのひとと連絡を取り合っていました。そのひとのところへ行こうとしました』

『君も一緒に？』

『はい。何度か、そのひとに会ったことがありました』

『そのひととお母さんと、さんにんで?』

『はい。本当の家族だとお母さんは言いました』

『本当の家族というと』

『血の繋《つな》がった家族です。お父さんも知っていました』

『何を?』

『お父さんは、そのひとが僕の本当の父親だと言いました。僕も気づいていました。顔が僕にそっくりだからです』


さしたる接点もなかった実父はほとんど思い出さない。鏡を見たらだいたい似たような顔が映ると知っているし、それもどうでもいいと思う。ただの遠い存在だ。

月日が経つにつれ、長年一緒に暮らした養父の顔も思い出せなくなっていた。

母の不貞や托卵《たくらん》行為を知るまでの養父と僕との関係は、確かに親子だった。なのにすべてが偽《いつわ》りの産物だったのだ。

迷惑な人物だと罵《ののし》られようが、優しかったところも厳しかったところも、養父にはあった。本質はさておき、僕にとっては父親だった。だからこそ、僕に向けてくれた父としての表情を忘れてあげるほうが、彼への手向けになるのではないだろうか。騙されて、苦しんだはずだから。

母は旧家の娘だ。金はないが少しの土地と歴史がある家の一人娘だった。

『幸せにしてくれると思って、あの男にやったのに……』

事件後、祖母は死んだ父を詰《なじ》った。祖父は倒れてしまった。

両親は見合いで結婚したのだそうだ。祖母はふたりの縁談をまとめた際、幸福が約束された金色の切符《きっぷ》を確かに娘へ手渡したと思ったのだろう。

けれどその切符に唾《つば》をかけたのは他でもない母だった。もし切符自体を捨てていたのだったらまだよかった。捨ててさえいれば――。

けれど事件後、母の不貞の証拠のすべては、祖父母が握り潰《つぶ》してしまった。

だからあとに残ったのは、無理心中で妻を殺した男。あることないこと陰口《かげぐち》を叩かれる死体。

そして死に損なった僕。

秋に行われた体育祭の最中にも、僕は階段を見つけた。部室棟の裏手でのことだった。

（この階段はきっと、僕が忙しかったり、疲れているときに現れるんだな）

僕はそう断定した。

＊

そういうときに校内を歩いていると見つかるのだ。いまのところ、本校舎、第二校舎、第四校舎……。そのたびに少し休もうと思い立ち、僕は毎回階段室へ入った。

不可思議な階段室は、時間の流れから切り取られた僕だけの休憩所なのだ。

階段室の扉を閉めた瞬間、秒針が止まる。いつもどおり階段があった。窓を仰ぐと桜の葉が紅《あか》く染まっているのが見えた。桜紅葉《さくらもみじ》だ。しかし本来の部室棟の場合、近くに桜は植わってない。秋晴れの青空だ。同じ青でも、なぜ季節ごとに違う色だとわかるのだろう。秋の空だった。僕は階段に腰掛ける。

目まぐるしく過ぎ去っていく日々の中で、ふと時間を切り取って、僕は休息を得る。悪夢に睡眠時間を空費せず、時間を忘れることで、かえって過去の記憶と向き合うこともできる。

目を閉じると、包丁が振り下ろされる。僕は切っ先を避ける。血が滴《したた》る。手を怪我をした父の血が廊下に血だまりを作る。

『この傷、どうしたの？』

僕の指に切創《せっそう》があることに気づいたのは、親戚の小母《おば》さんだった。僕を引き取ってくれた優しいひとだ。

『なんでもないよ』

同じ質問でも、刑事からされるのとは違う。刑事も僕の傷に気づいていたが、まるで喋《しゃべ》りかたは違った。

『この傷はどうしたんだい？』

優しい口調での質問だったとしても、彼らから繰り出される質問はまるで刺すようだ。僕は無言で手を握り締める。

どこでついたのかは正直いって覚えていない。だが、あまりひとには見られてはいけない傷だとはわかる。刑事に質問されるから後ろめたくなるのか、それとも、この傷に後ろめたい事実が隠されているのか……。

しかし刑事はどこかの段階で、傷について訊《たず》ねるのを諦めたようだった。しばらくあとになって傷痕《あと》に気づいた小母さんは、咄嗟《とっさ》に握り締めた指先へ優しく触れて解くと、傷の具合を確かめた。

『まだ痛い？』

『いいえ』

実のところ少しだけ痛かったのだが、傷自体は浅くて大したものでもないし、痛みといっても我慢できないほどのものではなく、少しぴりっとするだけだ。普段は意識しないが、石鹸《せっけん》で手を洗うときやお風呂に入っているときなどに、僅《わず》かに感じる程度で。

だけど記憶から逃れられないのと同様に、この痛みからもまた逃れられないのだろう。

階段室は静寂《せいじゃく》だった。外界では体育祭が催《もよお》されているはずだが、ここでは何の音もしない。

目を閉じると包丁が振り下ろされる。

『死ね』

『逃げなさい』

この夜からは逃れられない。なぜ記憶は再生し続けるのだろう。すでに終わったことだというのに。……いや、終わっていないのだ。流されるまま、きちんと向き合っていないかったから。静寂な空間で、僕は過去と真っ向から対峙《たいじ》しなければならない。

＊

僕の記憶は断片的だ。欠片《かけら》を集めても、完成形には程遠い。けれど欠片の隙間をあらゆる状況証拠で埋めていくと、事件の真実は、むかし読んだ文豪の小説に似ているのではないかと僕は疑っている。

たゆたう川の水とぬるい空気に満たされた、夜の舟の上にいる。舳先《へさき》が水を切る。護送役の同心《どうしん》と、罪を犯した男、ふたりが穏やかに川をくだっていく。常ならば暗く落ち込むはずの男が清々《すがすが》しそうにしているものだから、同心は彼に罪を訊ねる。男はやがて自《みずか》らが犯した罪を語り始める……。

この階段はあの川の上なのかもしれない。

僕に訊ねるひとはいないけれど……。

ごく小さいころのことだ。

真夜中に目を覚ますと、父が僕の顔を見つめていたことが何度かある。

父の帰宅はいつも遅かった。夜中に目が覚めて父が目の前にいたときは少し驚いたけれど、決して不愉快《ふゆかい》ではなかった。むしろ自分はこの上なく安全な域にいるのだという安心感で満たされた。大きな掌《てのひら》で頭を撫《な》でられるのが嬉《うれ》しい。

『お父さん』

僕は目を閉じる。父の幸せそうな顔は、嘘《うそ》の上に成り立っていたのだから、忘れてあげたほうがいい……と、頭ではわかっている。

『あの男は死んだよ』

ある日、父は母へとそう言った。

母は急に連絡がつかなくなった男の身を案じ、精神的に不安定となっていた。そこへ父が帰ってきて、そう言ったのだ。

貧しい男は、あるとき何もかもを捨てて姿を消した。連絡も一切できなくなった。母は彼が暮らすアパートへ行ったり、勤め先へと連絡していたけれど、アパートは引き払っているし、勤め先はとうにやめたあとだった。自分が捨てられたと母は思ったのだろう。

しかし男が行方をくらませたすべての原因は父だった。貧しさにつけこんで、裏で悪い金貸しに紹介し、追い詰めたらしい。

男が野垂《のた》れ死んだとされる場所を父から聞き出すと、母は僕を連れて外へ飛び出そうとした。男のあとを追うつもりだったのだ。秋が深まっている時季で、上着を着ないと寒い夜だった。もたもたする僕を急《せ》かしている母が、父に殴られて飛ばされた。

『望みどおり、死ね』

男にそっくりな僕の顔を、父は嫌悪したのだろう。憎々《にくにく》しげな声ばかり思い出す。いや、声ばかりなのは父の顔を思い出すのが怖いからだ。

かつて眠る僕を見つめていた父の表情は、果てなく優しかった。息子の存在が嘘の上に成り立っていたと知ったあとの、父の絶望を知るのがなによりも怖かった。

母は縊り殺された。望みどおりの死を迎え、きっと地獄《じごく》にでも堕ちただろう。

次は僕の番だ。僕の首に手がかけられる。

僕は叫んだ。

『やめて、お父さん』

途端、父の手が緩められた。その手が外され、僕は全身の力が抜けてへたりこんだ。震える手で、周囲をまさぐる。指先を怪我したのはそのときだ。手が包丁に触れて――包丁はとても切れ味がよかった。

からんと音を立てて、突き刺さっていた包丁が横倒しになる。

ふと気づくと、廊下は血の海だった。

＊

僕の指先、そして手には切り傷の痕がある。

ときどき疼痛《とうつう》がする。傷痕は、それと知らなければわからないほどごく薄い。なのに、どうしてだか痛む。痛みなど妄想だと思う。それなのに痛む。忘れられない痛みを持つ傷なのだ。記憶からも傷からも僕は逃れられない。

からんと音をたてて包丁が倒れたあと、廊下が血の海になるまでの間の記憶が、僕にはない。何が起こったのか、まったく思い出すことができない。

『あの夜、どこかの段階で、君が包丁を握ったときがあるはずなんだ。思い出せないかな』

刑事は優しく僕へ問いかけた。

どうやら包丁には僕の指紋や血が付着していたのだ。自死したと思われる父を刺した疑いがあった……。けれど、誤魔化すのではなしに僕にはそのあたりの記憶がない。手の傷は、刺したのかもしれないし、ただ包丁に触れたときについただけのものかもしれない。

実際、父の身体《からだ》にあった傷のほとんどは父自身がつけたものだったらしい。一部だけ説明のつかない傷があるだけだ。

僕は父を殺したのだろうか？

僕にはわからない。

けれど……もし父を殺したのであれば、きっとそれは事情があってのことだと、自分では思っている。

何かの事情――たとえば、介錯《かいしゃく》を頼まれたとか、そういった事情だ。

僕は養父が好きだった。彼が僕の父だった。血が繋がっていて顔が似ている男を父と認識することはなかった。

たったひとり、裏切られて死んでいったあのひとだけが父だった。


刑事は、僕の犯行の立証については諦めたらしい。

あるとき――事件を担当していた刑事と、ふたりきりになる機会があった。被疑者死亡で捜査が終わるため、最後の挨拶《あいさつ》ということでふたりで話したのだ。父母の墓参りという体になった。確かその翌日、僕は遠い親戚に引き取られることになっていた。

先祖代々の墓を掃除し、線香をともして手を合わせたあとで、問われたことがある。

『いま、ご両親に、何か伝えた?』

『いま、ですか?』

『うん。手を合わせている時間が、長かったから。何か伝えたのかなと思って』

切創《せっそう》について問い質《ただ》されたときは怖かったが、いまの刑事からは何かを訊《き》き出そうという意志は感じられなかった。ただ無残な事件の死に損ないを哀《あわ》れむ瞳をしていた。複雑な経験をした僕は、相手の瞳を見ればどんな感情を抱いているかわかる。

僕は墓に向いて呟《つぶや》いた。

『お父さんに……』

『お父さんに?』

『お父さんと呼んでしまって、ごめんなさいって』

僕は言った。

刑事は黙り込んだ。新聞ではほとんど表沙汰《おもてざた》にされなかった無理心中事件の背景を、この刑事はほぼ正確に知っていた。僕が血の繋がらない子供だということを……。

刑事は僕の頭を撫でた。

『元気でな』

心中事件は間もなく終幕を迎えた。

僕の中では何も片づいていないのに、事件は完結したのだった。時間が止まってしまった。どうせなら厳しく追及して、とことんまで責めてほしかった。そうでなければ、父が可哀相《かわいそう》ではないか。誰にも理解されず死んでいくなんて……。

＊

秒針が止まる。

代わりに、僕の中で止まっていた時間が動きはじめる。

僕は現実の時間に置いてけぼりにされていた。その代わりこうして真実と向き合う機会が与えられ、僕は階段に腰を下ろして、過去を辿《たど》る。幾度《いくど》となく反芻《はんすう》しても、時間が奪い去られる心配はない。惨劇の夜だけの世界に身を投じて、包丁から逃れながら、失われた記憶を取り戻していく……。

そんな風に過去を辿るうちに、わからなくなることもある。

死ねと言ったのは、本当に父だったのだろうか。この世のものではないような低い低い声だったから、父が発したものだとばかり思っていたけれど……。だとしたら逃げなさいと言ったのは？　本当に母親だろうか。どのみち母は僕とともに殺されるしかなかったのだ。彼女には自分で稼ぐ力がなく、お金を目当てで父を選んだのだから。

欠けたピースはどう埋めればいいのだろう。いくら父を擁護《ようご》したいとはいえ、記憶を改《かい》竄《ざん》してしまうなど……。真実へ近づきたい……。

この階段では秒針が進まない。だから何度でも思い出して向き合うことができる。けれど、あまり薄れた記憶を掘り進めてしまうと、どんどん都合のいいように捏造《ねつぞう》してしまう。急がなくていい。少しずつでいいから、事実だけを思い起こしていこう。時間ならいくらでもある。


僕は階段から立ち上がり、窓を仰いだ。

秋の暮れの桜は紅く鮮やかな葉を散らせ、空は澄《す》んで青い。相変わらず腕時計の秒針はまったく進んでおらず、音もない。

この先には何があるのだろう。僕はふと考えた。きっと、階段よりもさらに時間も空間も関係のない世界に通じている。そう思う。永遠なる世界だ。もしも踏み入れば、僕は懐かしい誰かに会うだろう……。たとえば、踏み切りの向こうで僕を呼んだ誰かに。

あれは父と母のどちらなのだろうか。僕は何度も考えた。踏み出してしまえば楽になると何度も挑戦するも、本能がそれをさせてくれない。電車の車体は一瞬のうちに通り過ぎて、「またぐるしく時が過ぎ去った」と、時間の流れについていけない自分を嘆《なげ》くばかりだ。

時間が止まっている空間でいくら考えたって、僕は結局、死ぬほどのことをしたわけじゃないと結論づけるだけだ。自らを罰しようとしてあちらへ行こう……とは思わない。

僕は階段をのぼり、引き戸から廊下へ出た。後ろ手に閉めるときは片開きの金属扉だ。感触の違いにももう慣れた。

たくさんの音が耳に飛び込んでくる。戻らなくてはならない。

- ☐
- ☐
- ☐
- ☐
- ☐
- ☐
- ☑ 聲
- ☐

盗んだのは、わざとじゃない。

いや、決して盗んでなんかない。泥棒扱いは心外だ。確かに結果として、君が撮った写真を俺が所持することになってはいる。けれど事情を聞いてほしい。

あの日——五月にあった春季文化祭の片づけのとき——俺は片づけ中の校内を歩いて、展示室の前へ行ったんだ。そこへちょうど、写真を飾っていたパネルを生物準備室へ戻すという生徒がひとりで困っているのを見かけた。ひとりでは運べそうにない大きさだったが、手が空いていそうなひとが周囲にいなかったのだ。

居合わせた俺は、彼を手伝うことにした。そのときパネルから剝《は》がし忘れていた写真が一枚、廊下にひらりと落ちたんだ。俺はそれを拾いあげ、一旦《いったん》制服の胸ポケットに仕舞い、パネルを運ぶ手伝いをした。

再び展示室を訪れたのは、三十分くらい経ったころだ。

うっかり片づけの手伝いに時間をとられてしまったが、俺がもともと展示室へ来たのは他でもない、君に会うためだった。なのに君は俺の顔を見るなり、理由も言わずに「別れましょう」だ。なぜ？　言えないと君は言う。じゃあ俺にはわからない。けれど取りつく島もない。君は去ってしまった。俺は言葉もなく立ち尽くした。

あとから写真の裏を見たら君の名前があったから、君が撮影したものだとはわかっていた。しかし返しそびれた。予想だにしない別れ話に、頭が真っ白になった。そういうわけだ。

この突然の別れ話は相当堪《こた》えた。長い付き合いだからこれまでだって何度も喧嘩《けんか》はしてきたけれど、そのたびに心は痛んだ。君のことが好きだからだ。ましてや今回は、君が怒る理由も身に覚えがない。いつもなら少しくらいは原因に心当たりがあるのだけれど……今回ばかりは見当もつかない。

せめてどうして突然別れを告げたのか、そして俺を避ける理由を教えてほしい。それが、友達を通じて寄越してきた連絡――「盗んだ写真を返して」への交換条件だ。

再度言うけれど、俺は君を愛している。別れには到底納得できない。これほど一方的に、強制的に別れることになるなんて……。

俺は交通事故で昏睡《こんすい》状態になりながらも、君にもう一度会いたい一心で、あの長い眠りから醒《さ》めたのに。

……一息に言えるだろうか？

立ち止まり、廊下の窓から外界を見る。今朝からずっと雪だ。凍りついた窓に溜息を吐っく。本校舎の廊下の突き当たりの窓からは、校門が見える。空は一面隙間《すきま》なく灰色で、地上は白く染まっている。

午後からは大雪警報が出て、休校になった。吹雪《ふぶ》いていて、建物全体が氷の洞窟《どうくつ》のように冷たい。一生徒として早く下校しなければならないが、呼び出しの約束は今日だ。

綾乃《あやの》とは、昨年の五月に別れている。俺は別れたくなかったが、一方的に別れを告げられて、以後まったく取り付く島もない。だからたぶん、彼女の心はすでに別れたことになっているだろう。受け入れるしかなかった。

別れから、もう八カ月になるのか。あっという間だ。

彼女は自習室に来ているだろうか？　この悪天候ぶりに、日程をずらしたほうがいい気もしたが、メールも電話も通じないので予定どおり会いに行くしかない。

校内では仲睦《なかむつ》まじいことで有名な恋人同士だった俺と彼女が先だって別れたことは、すでに大勢の生徒が知るところとなっている。ゆえに、他人の目があるところでは話しづらい。

この約束を反故《ほご》にすると、次にいつふたりで会えるのか、不安が残る。高校三年生の冬ともなると、学校に来る日も少なくなり、二月に入れば自由登校だ。この一月のうちに会うしかない。話し合いたい。気は、重いけれど。

やっと会うことができるのだ。

別れの理由を俺は知らない。知りたい。

彼女への質問は、自宅で何度も練習した。彼女を前にしても緊張せず、よどみなく訊《たず》ねられるように。幼馴染《おさなな じ》みとして生きてきて、長く交際した彼女を相手に、いったいどうして緊張してしまうのか……。

再び拒絶されるのが怖いからだ。それでも知りたい。

個人的に主張したい点は、彼女を好きだということ、そもそも別れたくないということ、写真を盗んだと思われているのは誤解ということのみっつだ。

一方的に別れを告げられて以来、彼女は俺の顔を見ようともしない。別のクラスだから普段は会わない。移動のとき、廊下や集会、登下校のときもまったく見かけないのは、避けられているからだろう。なぜ？　それほど嫌われることをしただろうか？　だとしたら俺は何を理由に嫌われてしまったのだろうか。

雪道で交通事故に遭《あ》ったことが原因か？

でも俺は巻き込まれただけだ。いまから一年近く前、去年二月初旬のことだ。ノーマルタイヤのまま走行していた乗用車が信号で急発進した際にスリップして、横断歩道で信号待ちをしていた俺に突っ込んだ。俺は二カ月ものあいだ昏睡状態となったが、奇跡的に復活を遂げた。本当に奇跡だといわれたのだ。

事故のせいで後遺症が残り、部活を続けられなくなったことが原因だろうか。……サッカー部で活躍していた俺を取り囲んでいたひとたちは、復帰後には周囲からいなくなった。彼らは、現在の俺との付き合いに価値が見出《みいだ》せないのだろう。悔しいけれど、それも仕方ない。なぜなら俺にだって彼らは必要がなくなったのだから、お互い様だ。

彼女もそうした連中と同じだったのだろうか。にわかには信じがたい。外面はいい俺が内面ではいかに情けない人間なのか、十五年近くをともに過ごしてきた彼女は重々承知している。

小学生のときにクラブのレギュラーになれなくて悔し泣きしたときだって、中学の卒業式に告白をして正式に付き合うことになってうっかり感涙してしまったときだって、彼女は優しく頭を撫《な》でてくれた。我ながら女々《めめ》しくて恥ずかしい思い出だ。そんな彼女が、せっかく九死に一生を得たというのに喜んでくれなかったのは、ショックだった……。

俺が部活をやめても残った友達だっている。多くはないが少なくもない。そのうちの、彼女と共通の友達である涼子《りょうこ》も、彼女の変貌《へんぼう》ぶりを不思議がっていた。別れの理由を知らされないまま避けられ、「このまま卒業してしまうのか」と、落ち込む俺をとうとう見かねて、

「綾乃に訊《き》いてみるよ」

と言ってくれた。別れてから、なすすべもなく八カ月ほどが経った、真冬の一月。先週のことだった。

涼子は素早く行動してくれた。すぐ、綾乃へ訊ねてくれたのだ。

「どうして敦也《あつや》と別れたの？」

そして話の流れで、うっかり写真の件を伝えてしまったのだという。綾乃が失くした写真を、俺が持っていることを。

写真には綾乃が写っている。ひとりきりで学校のどこかにある教室の窓辺に佇《たたず》んでいる写真だ。きれいな夕焼けに染まるグラウンドを眺めている綾乃の、少し悲しそうな横顔。見るたびに、なぜ悲しげなのか知りたくなる。裏側に彼女の名前と「たぶんセルフタイマーで撮影」と走り書きがある。綾乃の字だ。……文化祭の片づけの際に入手したそれを、俺は生徒手帳に入れて、大切にしている。

綾乃と涼子は諍《いさか》いになってしまったらしい。あとから涼子が気まずそうに伝えてきた。

「ごめん。写真を持っているくらい綾乃のことをまだ好きなんだよって言ったら……。逆に怒って、写真を返してって……ほんと、ごめん」

涼子はそう謝罪してきたのだった。

窓から目を離し、俺は胸ポケットの硬さを確かめた。

写真は胸ポケットの生徒手帳の中にある。穴があくほど見つめて目に焼きつけたから、よほどの時間が経たない限り、綾乃の横顔を忘れはしないだろう。手放さなければならないのならば予《あらかじ》め電子データになり移しておくべきかと考えたけれど、複製の数だけ価値が減りそうな気がしてやめておいた。

綾乃がこの写真に執着する理由が見当たらない。写真には綾乃が写っているだけ。何の変哲もないものだ。自分が写っている写真なんて、俺の感覚ならば別に手放したって惜しくない。きちんと話さえすれば、もらえるのではないだろうか。考えが甘いだろうか。

……むしろ綾乃自身が、俺にもう一度会う口実を探していたのではないか、と考えることさえある。何かを理由に——想像したくはないが、俺が昏睡状態の間に他に好きなひとができて衝動的に別れたが、その相手とうまくいかずに俺との復縁を希望するようになり、しかしなんとなくきっかけがつかめないでいるのではないか。

そんな、自分にとって都合のいいことばかりを考えてしまう。

綾乃と待ち合わせたのは自習室だ。これから向かう場所で、彼女とふたりきりになる。やっと話せる。期待と、不安で胸がいっぱいになる。

都合のいい妄想は極力省き、可能な限り現実に向き合うべく平静でいようと努める。俺の知らない彼女の理由があるのかないのか……。考えても詮無《せんな》い。単純に、綾乃とまた会話できるだけで嬉《うれ》しい。

幼馴染みだというのに、どれだけ遅くまで連絡を取り合っても飽きることがなかったくらい、俺たちはいろんな事柄を夜遅くまで話した。些細《ささい》な発見をいちばんに報告したいのは彼女だった。彼女も同じ気持ちだったはずだ。多少冷やかされても構わないほど、一緒に下校する時間は幸せだった。

俺は自分が思っているよりも深く彼女を愛していた。

「あした、ほんとに行く？　自習室」

昨日、放課後の教室で、涼子が顔色を窺《うかが》うように訊ねてきた。

冷静さを装い、俺は頷《うなず》いた。正直なところ、会うには勇気がいる。けれどそんなこと言えやしない。

「うん。なんで？」

涼子は言いづらそうに口ごもった。

「なんか……自習室にいると、どこからか啜《すす》り泣きの声が聞こえるって話があるみたいで

「……」

「……え、そういう系？」

いきなり怪談じみた話になり、俺は困惑して眉を寄せた。綾乃と会うのをやめたほうがいいといった話かと思ったら、自習室にまつわる怪談だった。

自習室はもともと、綾乃が所属している文芸部が活動していた教室だ。

「去年の二月くらいからかな？　女の子が泣いている声が聞こえるって噂《うわさ》が出始めて、それで部室が移動したんだって」

文芸部の活動場所が変更したことは、しばらくあとに学校の掲示板で知ったが、噂についてはまったく知らなかった。

「……そんな経緯があったのか……」

去年の二月といえば俺が事故に遭って、眠っていたころだ。当時の俺が、昏睡状態で何の夢を見ていたか、いまもはっきり思い出せる。

誰かが泣いている夢だった。だからか、涼子の話に胸が痛む。自習室で泣いているという女の子は、いったい何が原因で泣いているのだろう。どうか泣かないでほしい。

「もともとさあ、この学校、ちょっとおかしいことが起こるんだよ。七不思議みたいなのもあるんだってさ」

「……涼子、怪談好きなのか」

「そういうんじゃないよ。新しい学校なのに変なことが起こるのは、事実なんだよ。そういうの感じやすい生徒指導の先生が、よく見回りしてるんだって」

「ふーん……」

　口うるさい生徒指導の先生の見回りに、そんな理由があるなんて知らなかった。入学したばかりのころに廊下で遊んでいたら怒鳴られた経験から、かかわりたくない先生としか見ていなかった。

「そういや入学したばかりのときに、『気をつけろ』って怒られたことがあるなあ。そんなに怒られるほど遊んでたつもりはなかったのに、結構な剣幕で」

　俺がぽつりと言うと、涼子は神妙な顔をして頷いた。

「あの先生に厳しく注意されると、ほんとに危ないらしいよ。未来に起こる不幸を感じ取るんだって。もしかして……」

「もしかして、俺の事故を予告していたのかって？」

「かも？」

「そんな馬鹿《ばか》な」

　と笑ったものの……そういえば、事故から生還して復学した翌日に、先生から声をかけられたことがあった。

「よくがんばったな」

事故以来たくさんのひとにかけられた言葉だったから、気にとめなかった。けれど。先生には何か、感ずるところがあったのだろうか。

さあ、とうとう自習室の前まで来た。

立ち止まり深呼吸をすると、冷え切った空気が肺《はい》を刺す。思わぬ痛みに咳《せ》き込みそうになって、ぐっと堪える。

彼女はもう来ているだろうか？　高揚《こうよう》と不安が最高潮に達する。心臓が高鳴りすぎて、視界が暗くなりそうだ。けれど逃げるわけにはいかない。廊下に面した教室の窓は曇《くも》り硝子《ガラス》になっていて、室内の様子は見えなかった。

ただ何度かゆっくりと呼吸をするうち、気づいたことがひとつある。

……室内で、誰かが泣いている。

背筋がぞうっとして、俺は震えあがった。昨日、涼子に怪談話なんか聞かされたからだ。まさかあの怪談は本当だったのか。しかしふつう、室内に誰かがいると考えるべきだ。たとえば——綾乃がいる。

俺は意を決してドアに手をかけた。考えたら即行動が信条だ。ドアは施錠《せじょう》されておらず、引き戸はすぐに大きな音をたてて開く。開く音のために俺が聞いた泣き声は遠のき――そして自習室内には誰もいなかった。それでも俺は室内にくまなく目を凝《こ》らし、訊ねた。

「綾乃？」

部屋に足を踏み入れる。自習室は教室ふたつ分くらいの広さだ。机と椅子《いす》が間隔をあけて並んでいるところは、ふつうの教室と変わらない。黒板も教壇もある。人影はなく、もし万が一ひとが隠れているとすれば教壇の下か掃除用具入れだ。と見当をつけて恐る恐るながら確認したが、やはり誰もいなかった。いまは啜り泣きの声もない。

……先ほど聞いた声は、気のせいだったのだろうか？

室内ではわざと大きな足音をたてて歩いた。怖いからだ。窓に近づくにつれて寒くなった。窓際からグラウンドを見渡す。外は氷の世界だ。雪に覆われた地上も、空も、空気さえも、すべてが灰色に見える。雪雲の果てには日が暮れ始めて、灰色はだんだん濃く陰《かげ》る。

……綾乃は、いつもどこに座っていたのだろう。

いくつかの机上に触れながら歩く。

俺の部活が終わるまで、綾乃はこの教室で部活をしながらいつも待っていた。サッカー部のほうが終わるのが遅かったから、それまでの時間を潰《つぶ》すように。ここにいる彼女の存在を、俺も意識しながらグラウンドを走っていた。

あのころの俺たちに戻りたい。別れの理由が知りたいなんて嘘《うそ》っぱちだ。吐きそうだ。理由なんてどうだっていいから、もう一度、ふたりでいる未来を見たい。一からやり直せないか。俺たちはどうして駄目になった？　駄目になったのは俺だけなのか。何もかもやりきれない気分だ。

そのへんのてきとうな椅子に腰掛ける。胸ポケットから生徒手帳を取り出して、写真を眺めた。そこであっと気づく。この写真が、ちょうど俺がいま掛けている席から、綾乃を撮影したものだということに。写真と現実とを何度も見比べ、ここだと確信する。けれど、写る横顔はいまはいない。綾乃はいつ来るのだろう……。

「盗んだのはわざとじゃない」

何度も練習した台詞《せりふ》を口にしたときだった。

啜り泣きの声が再び聞こえてきたのは。

しかも、ほんのすぐ傍《そば》でだった。息遣いまで聞こえる距離だ。気配がある。なのに、何の姿も見えない。教室には自分以外誰もいない。だが、近くに絶対、誰かがいる。

机に置いた写真に、ぽたぽたと水滴が落ちた。思わず手にとって雫《しずく》に触れてみる。ぬるい水だ。どうして水が？　いったいどこから？

思わず天井を仰いだものの、天井には何の跡もない。いったいどこからだというんだ。自分でも知らない間に涙を流しているのかと、頰《ほお》に触れてみるがその形跡はない。

「……なんで？　どこ？」

机を写真に置くと、再び水滴がぽたぽたと写真の上に落ちてきた。それとともに、

「だれ？」

と、啜り泣きの合い間に、か細い声が聞こえる。

なんとなくわかった。「彼女」がどこにいるのか。啜り泣きの持ち主は、俺の目の前にいるのではないだろうか。机を挟んだ向こう側だ。「彼女」は、この写真を見おろしている……。そんな感じがする。感覚的なものだったが、そうとしか考えられなかった。

「誰かいるの？」

問いかける声が聞こえてくる。俺から相手の姿が見えないのと同様に、向こう側からも見えないのだ。

俺はおずおずと訊ねた。

「……どうして泣いてるんだ？」

長い眠りで見た夢の中で、誰かがさめざめ泣いていた光景が過ぎる。その声によく似ていた。深い悲しみの波が押し寄せて、こちらまで淋《さび》しさに流される。

俺の質問に一拍置いて、啜り泣きの隙間に嗚咽《おえつ》がまざる。かすかな反応があった。

「どうして死んじゃったの？」

振り絞るような声音《こわね》に、胸がぎゅっと締めつけられる。写真にはまた雫が落ちた。何滴も何滴も落ちた。そして俺はその声に聞き覚えがあった。

息が詰まって、言葉が出ない。

彼女は言った。

「もう一度会いたいよ」

彼女は悲痛な声で願いつづけた。

「わたしはどうなってもいい。もう一度会えるのなら、なんでもするから。お願い。どうしていなくなっちゃったの？」

「綾乃……」

ほんの少しだけ、自嘲《じちょう》めいた笑いがまじった。

「幻聴かな？　敦也の声が聞こえるよ。ねえ、届く？　お願いだから、戻ってきてください」

不意に教室のドアが開き、俺は顔をあげた。

そこには、不審そうな顔をした綾乃が立っていた。俺の顔を見るなり、慄《おのの》くような表情になる。

「なんで、敦也がいるの？」

「なんでって、なんで？」

涼子を通じて、会う約束をとりつけたはずだった。盗んだ写真を返せとまで言われたのだ。その旨《むね》をかいつまんで説明すると、綾乃はみるみる険しい顔になった。たぶん、お互いがお互いを呼び出している風に、涼子に騙《だま》されたのだろう。

「涼子が写真を返してくれるって言ったのに」

涼子の真意はわかりかねるが、引き合わせてくれようとしたことには感謝だ。そしてやはり綾乃は写真の返却を望んでいるのだった。俺は写真の表面を袖《そで》で拭《ぬぐ》い、涙を布地に染みこませた。

綾乃は俺の持つ写真を見つめていた。返してほしいと思っているのが伝わってくる。しかし自分からは近づけない。そんな感じだった。それでも俺は、穏やかな気持ちでいられた。いまなら彼女とやり直せる気がしたのだ。

先ほどここで存在を感じた「彼女」は、俺に会いたがっていた。泣き声は、綾乃のものに間違いない。俺が彼女の声を聞き間違うはずがない。

「彼女」の世界での俺は、雪道の事故で死んでしまったのだろう。本当に、死んでいてもおかしくない事故だったと聞いている。長い昏睡状態に、親ですら諦《あきら》めかけたとも。俺が死んだ世界と、死んでない世界。想像するのは容易《たやす》い。

そして「彼女」は死んでしまった俺に会いたい一心で、この教室でひとりきりで泣いていた……。

俺は写真を綾乃へと渡した。

「写真のほうにも興味があったって、知らなかったよ」

写真のことだけじゃなく、彼女の新しい一面をこれからも知りたいと思う。

八カ月もの月日は長かった。事故に遭ってからだともっと長い。そういえば彼女はもう、俺があげたネックレスをしていないのか……。

俺は言った。

「もう一度、付き合ってください。君がいないと、俺は駄目みたいです」

先ほどの「彼女」の世界では俺は死んでいた。けれどこちらの世界で俺は生きている。俺の生死はそのくらい、僅《わず》かな分岐《ぶんき》で変わるものだったのかもしれない。現に、あと二歩前に出ていたら即死だったといわれた。

二歩ぶん後ろの今の俺。そして二歩ぶん前の「彼女」の恋人。たった二歩の違いだったのに、これだけ変わるのだ。

　綾乃はみるみる目に涙を浮かべ、それはやがて頬を伝う。拭おうと手を伸ばしたけれど、綾乃は俺の手を振り払い、両手で顔を覆って泣きじゃくった。

「ごめん。付き合えない」

「なんでだよ。はっきり言ってくれ。教えてくれよ。他に好きな奴がいるわけ？　もう他にいるからっていうんだったら、こっちだって諦めるよう努力するさ。でも、理由はまったくわからない。事故にあったから？　部活やめたから？　どういう理由で避けるんだ。何もなしに『別れよう』っていうだけで、納得できるもんか。ずっと一緒にいたのに、もし立場が逆だったら、納得できるのかよ」

　喋《しゃべ》れば喋るほど口調が荒くなり、これではいけないと意識の隅《すみ》で戒《いまし》めようとする。もっと理性をもって話をするつもりだった。冷静にならなければ……。言葉が心の中で溢《あふ》れても口に出すのをやめて、喉《のど》がつかえても耐えて耐えて、深呼吸して、飲み込んだ。

「……ごめん」

　こちらの必死さがようやく伝わったのか、綾乃の態度がやや軟化した。

「わたしも別れたくなんてなかったよ。でもわかんないんだよ。敦也が事故で死んじゃったのは、悪い夢だったの？　じゃあ高戸《たかど》くんは、どこへ行っちゃったんだろう。本当は最初から、高戸くんはいなかったの？」

耳慣れない名前に、俺は綾乃を見つめた。

「誰？」

綾乃は写真を握り締めた。

「これ、わたしが撮ったんじゃないんだ。撮ったのは、高戸くんっていう写真部の子。でもわたしが撮ったことになっているの。高戸くんはいなくなって……最初からいないことになっていて……おかしくない？」

「どういうこと？」

「わかんない。敦也が死んだあと……仲良くなった後輩の男の子がいたはずなの。なのに、いつの間にか高戸くんの存在は消えて、敦也が生きている。二月の事故で死んだはずが、実は昏睡状態になっていたって……わたし、お葬式も出たんだよ。なのにどうして敦也はここにいるの？　もちろん、敦也に戻ってきてほしいって願ったよ。ずっと泣いて……」

高戸という後輩の存在をきっかけになぜか俺は生き返り、世界線が変わった……ということなのだろうか。

「だからって、高戸くんと引き換えに敦也が戻って、じゃあそれでオッケーなわけ、ないじゃない。どれだけ大切だったとしても……うまくいえない」

俺は彼女の手をとることも、涙を拭うこともできない。そして思う。二度と俺たちの未来は交錯《こうさく》しないのだ。

寒々しい昇降口で涼子が待っていた。足音に気づいてマフラーに埋《うず》めていた顔をあげ、俺に向かって微笑《ほほえ》んだ。

「よかった」

「待っていてくれたんだ。ありがとう」

「ううん。心配だったから」

靴を履《は》き、ふたりで昇降口を出る。

雪はさらにひどくなっていた。この分では、夜には世界が雪に埋もれてしまうのではないだろうか。風はなく暖かいのが不思議だった。傘は持ってきていなかったのでそのまま歩き始めたが、涼子が手持ちの傘をさしてくれた。肩を並べて歩く。

「それで、綾乃は？　一緒じゃないの？」

「うん」

教室を出て行った綾乃がどこへ行ったのか、俺はもう知ることはできない。

「どうして？」

俺は黙って視線を落とした。

「え、もしかして綾乃、来なかったとか？」

涼子は目を見開き、俺は曖昧《あいまい》に微笑んだ。

「実は啜り泣きが聞こえた」

涼子は悲鳴をあげた。

「マジ？　自習室の啜り泣き女、出たの？」

「うん」

俺は深く頷き、涼子は息をのんだ。

「綾乃を呼び出したとき……聞かされたの、あそこの怪談。だから綾乃は渋ってたんだけど、ついあそこにしちゃって……ほんとに泣き声、聞こえた？」

「うん。ほんとに。泣き声だけが聞こえるんだな。姿も形も見えないのに」

それだけなのに、どれほどの存在感だろう。泣き声と涙のふたつ。悲しみの深さが、まだ耳に残っている。痛いほどだ。

「涼子、引き合わせようとしてくれて、ありがとう。なんで協力してくれたの」

「……呼び出されたって嘘吐いたのは、ごめん。でもああでも言わないと、敦也だって会いたがらないんじゃないかと思ったから……」

「俺が、綾乃に会いたがらないって？」

「だって、本当に会いたかったらもっと早く行動するでしょう」

涼子の言うとおりだ。

退院後――心の底から会いたかったから、真っ先に会いにいった。だが、突然拒絶されて怖くなったのだ。竦《すく》んでしまった。もう一度拒絶されたら、立ち直れない。そう思うと、彼女に別れの理由を訊ねるのも怖くて、再び会いに行くことができなかった……。

「敦也と綾乃のふたりは、わたしの憧《あこが》れなんだ。正直、羨《うらや》ましいんだよ。ふたりって幼馴染みなんでしょ？　そんなふたりが一途《いちず》に好き合うなんて、少女漫画みたいじゃん。だから仲直りしてほしいじゃん」

さっぱりした性格だと感じていた涼子がそんな風に乙女らしく言うのが、少しばかり意外で驚いた。くすくす笑っていると、照れた涼子に「パンチ」と肩を叩かれた。

「サンキュな、涼子」

けれど涼子は不服そうだ。

「ねえ、ほんとうに綾乃は来なかったの？」

「うん」

「じゃあ、また呼び出してあげる。今度こそ仲直りしてね」

「ううん。もういい」

「いいわけないじゃん。絶対、もう一度話してよ。せめて別れた理由を聞きたいんでしょう？　わたしだって納得できないもん。絶対、約束とりつけるから」

俺は涼子を振り返らず、校門を通り抜けた。少し後ろから彼女が追ってくる。

「いいんだ、もう。ほんとうに」

「敦也」

「いいんだ」

俺が断ると、涼子は今度こそ黙った。

「……そんなの、がっかりするじゃん。壊れないでよ」

「……俺のためにありがとう。でも、いいんだ」

そのまま歩き続けたら、いつの間にか涼子は追ってこなくなった。こんな情けない男には呆《あき》れてしまったのだろう。

涼子がさしてくれていた傘がなくなって、雪は直接顔にかかる。それでも構わなかった。しばらくして立ち止まり、一度だけ背後を振り返ったが、さらさら降りつもる白雪に足音も足跡もかきけされて、だれの人影もなく雪ばかりがある。白に埋もれて息ができなくなるのも時間の問題だった。それなら早く埋もれてしまいたい。

さらに歩くうち、いつしか、事故に巻き込まれた交差点に俺は立っていた。ちょうど、去年と同じような具合に信号が赤だった。乗用車が停止線で停まっている。

――もし二歩前だったら、即死だった。

医者だったか警察だったか親だったかが、俺が目覚めてしばらくしたあと、そう言っていた。二歩前だったら、いまここに俺はいなかった。だから九死に一生を得たと思っていた。けれど実際は、二歩前にいた俺と二歩後ろにいた俺と、両方が存在していたのだ。そう思う。そして、この世界の俺は生き返り、どこかの世界の俺は死んだ。

そしてもしいま、俺が二歩踏み出したとしたら……。

世界は常に分岐し続けているのかもしれない。ひとつ分の未来にしか進めないから、わからないだけで。

たとえば目の前の信号が青になって、乗用車はノーマルタイヤのくせにいきおいよく急発進する。一年前の事故とほとんど同じ状況ができあがる。二歩前に出れば、俺は死ぬ。このままでいれば、奇跡的に生還する……。

馬鹿馬鹿しい妄想だった。馬鹿馬鹿しいのに、俺は二歩前には出られなかった。死にたくないのだ。死んでいたときに戻るわけにはいかない。このまま生きていくしかない。生きて、ちゃんと足跡を残さなければならない。

写真を撮影したという高戸がいなくなったように、俺の存在が消え、いま絶対にあるはずの意識が消えたら、俺はどこへ行くというのだろう。そんな怖い行動はとれない。たとえ綾乃といられなくても、ひとりきりで孤独でも、歩いていくしかない。ここからの道筋は俺が生きる人生だ。俺の代わりにいなくなった人間を気にしても仕方ない。俺の代わりにいなくなった人間を気にする女性を想っていても仕方ない。

そして信号は青になる。乗用車は発進こそしたが、急にではないし、ふつうに真《ま》っ直《す》ぐ問題なく走っていった。交通事故は起こらず、俺は無事だった。

あらためて空虚《くうきょ》だ。決着をつけない時間は幸せだった。宙ぶらりんの状態というのは居心地がいいものだ。

いつまでも雪が降りつづいている。

「こちらの彼女」との別れは決定的だったが、しかしながら、どこか別の世界で俺の死のために泣いてくれる彼女がいるらしい。しばらくのあいだ、俺だけのために泣いていてほしい。淋しくてもひとつの事実が胸に落ちる。世界の線をこえるほどの涙を流してくれるひとが、あの自習室で、俺の死を悼《いた》んでいるのだ。

そして俺は彼女を深く愛している。

□

□

□

□

□

□

□

☑ 七不思議のつくりかた

# 一

三月に入ってすぐ、妙に暖かくなった。日中のみならず夜も寒さは和《やわ》らぎ、草も土も空も大気も春めいている。

僕を蝕《むしば》む病の進行は、宿主が若いためかとても早いらしい。信じがたいことに、数カ月後に歩行が困難になる確率は五十パーセント。じきに食事が喉《のど》を通らなくなり、一年後には会話も覚束《おぼつか》なくなるそうだ。体の機能はどんどん失われていく。最後は自発呼吸すらできなくなる。そしてアウトプットがほとんどできなくなった体に、衰《おとろ》えることのない明瞭《めいりょう》な意識が閉じこめられる。いまはそこそこ動けるのに、ぜんぶ嘘《うそ》みたいだが本当の話。

むかしから学校は嫌いだった。友達もいない。いたこともない。なんとなく、誰とも波長が合わないのだ。楽しくない。だが真面目な性格が災《わざわ》いしてサボることもできず。幼稚園も小学校も中学校も嫌いだった。高校で一発逆転が起こるはずがない。入学した高校は新設校だ。これまでとは違う何かが見つけられると期待したが、特に何も見つけられなかった。こんな平凡で退屈な高校生活には一年でもう飽きてしまった。

だから終業式で休学することに、病気も悪いばかりじゃないなとすら思う。休学ではなく退学のほうがすっきりするのでは？　と思ったが、精密検査の結果、死にゆくばかりと判明しているにもかかわらず、親は「いつかきっと復学できる」と祈っているし、学校もそんな親心を尊重してくれて、特に反論せずにいたらこうなった。せっかく高校生まで育ててくれたのに生きるのがこんなにも面倒でごめんなさい。

今日が僕の高校生活最後の日だ。これから、長いのか短いのかわからないが、闘病《とうびょう》生活に突入する。戻ってくることはもうない。嬉《うれ》しさも悲しさも、実感らしきものはまるで湧かなかった。現実から置いてけぼりをくらっている気分だ。

部活にも入っていないので放課後は平素ならばそそくさと帰るところを、実感が湧くのを待っていたらいつの間にか黄昏《たそがれ》時になっていた。世界が暮れなずむ。美しい茜《あかね》色の夕陽が沈んだあと。さすがに遅くなりすぎた。もう部活動も終わって、校庭にも人っ子ひとりいないじゃないか。

そんな風に慌てて昇降口までおりたときだった。昇降口を出てすぐ近くにある体育館で、ボールのはねる音が聞こえたのだ。よかった、まだひとがいる。ほっとして胸を撫《な》で下ろし、少しゆっくり歩くことにした。けれど、ふと体育館を見るとすでに消灯されていた。ではいまの音はどこから聞こえたのだろうかと、僕は音の在《あ》り処《か》を探して歩く。僅《わず》かな音以外は静かで、透きとおった、とてもいい夜だった。春の気配がする。

体育館は消灯も施錠《せじょう》もされているのに、中からもう一度だけ、ボールの音が響いた。すごく高いところから落ちて二、三度強くはね、それから転がるみたいな音だ。中途半端に空気が抜けたゴム製のボールらしい。しかしひとの気配はない。

体育館は入学式を控えている。扉に、「学校紹介」と書かれたボードが貼ってある。しかし肝心《かんじん》の内容はまだ何も書かれていなかった。

ふと、濃厚なひとの気配がした。

「どうしたんだ?」

急に声をかけられたので振り返ると、少し離れたところから大人の男性が歩いてくる。三十代後半くらいで背が高く、きちんとスーツを着ているがどこか草臥《くたび》れた印象がする。全体的に疲れている。大人というものはいつもどこかに疲労を滲《にじ》ませているものだけれど。見慣れない顔だった。おそらく教師だ。その証拠に、首から教員用の名札をさげている。それが裏返ってしまっているので名前はわからない。

「ボールの音がしたんです。体育館で」

僕は説明したが、先生は肩を竦《すく》める。

「天井からひどい雨漏りがあって、あした屋根の工事が入るんだ。今日は午後以降、誰も入っていない」

僕は体育館の天井を脳裏《のうり》に描いた。ここの天井は照明を保護するためか二重天板のようになっているのだ。板同士が少し離れていて隙間《すきま》がある。

「じゃあたぶん、天井のどこかにはさまっていたボールが落ちたのかも」

先生はポケットから鍵を取り出した。どうやら体育館の鍵を持っているらしい。重い扉を開けて館内を確認すると、非常灯に照らされてたくさんのバケツと雑巾《ぞうきん》、バレーボールがふたつ転がっているのが見えた。明かりをつける。天井を仰げば、一部だけ色が違って、染みになっている。雨が漏れているのはあそこだろう。

天井にはまだひとつボールが挟まっていた。生徒が授業中にふざけてボールを打ち、偶然挟まったことがあったのを、僕は覚えていた。

「やっぱり、天井からボールが落ちたんですね」

「誰もいない体育館で音がするなんて、怪談かと思ったのに。なんだ、残念」

先生がそんなことを言うので、僕は先生に呆《あき》れた。

「はあ。怪談ですか?」

「学校の怪談。七不思議でもいい。そういうのがあったほうが、楽しくないか?」

「特には……」

わりと変わった先生らしい。……本当に教師なのだろうか。つい疑ってかかってしまう。

名札はさげているものの名前は見えないし、顔にも見覚えがない。こんな時間に校舎に居残っている生徒を咎《とが》めないのもおかしい。

それにしても、もし本当に七不思議でもあれば、高校生活を少しくらい楽しめただろうか。

ふと、先生が「学校紹介」のボードを示しながら、

「よかったら、いまから作らないか？」

と言った。

「学校紹介をですか？」

一年しか通っておらず、楽しいことなどなかった学校の紹介文を書くなんて苦行でしかないのだが。しかもいまから作れって？

先生はどこからか新品のノートを取り出して僕へ差し出し、不敵に微笑《ほほえ》んだ。

「七不思議を、だよ」

二

なぜこんなことになっているのか。まったく意味不明だが、僕は先生と一緒に特別棟を

歩いている。夜の校舎には誰もおらず、異世界に迷いこんだみたいだ。一年間はちゃんと学校生活を送っていたから見知った場所なのに、太陽がいないだけで学校は別の顔をする。

「やっぱりオーソドックスに、走る人体模型はどう？」

　ふらふらと歩くうち、生物室の前を通り掛かったので入ってみた。先生は真新しい人体模型の肩を抱いて言った。

「なあ、ツヨシ」

　僕の名前はツヨシではない。どうやら人体模型にツヨシという名前がついているらしい。それともいま名付けたのだろうか。確かに学校の七不思議といえば、人体模型はテッパンだ。

「でも、新しすぎませんか。魂《たましい》って、古いものに宿るのでは？」

　僕は指摘した。

　走るためには走る意志がなければならないと僕は考える。人間や機械に命や動力が必要であるように。人体模型が機械仕掛けではないなら、非現実的ではあるけれど、やはり魂の存在は必要不可欠ではなかろうか。

　だからといって、魂が簡単に宿るとは思えない。ものに魂が宿るためには、九十九年とはいわないまでも、それなりの期間を経なければならない気がする。

期間がないのだから魂は生じないとして——幽霊だとどうか。地縛《じばく》霊なるものが憑依《ひょうい》するということだ。そしてこれを動力とする。……正直人体模型はぴかぴかだ。この学校はまだ建ったばかりで、校舎の隅々《すみずみ》まで新しい。校舎だけではなく、黒板も下駄箱も机も椅《い》子《す》も教材も人体模型も、何もかもできたてほやほやなのだ。幽霊が好んで入り込むといった感じはしない。もしも自分が幽霊だとしたら、少なくともこの人体模型には憑依する気になれなさそうだ。もっと身の丈に合った入れ物を探しやしないか。

「こっちはどうかな」

先生は、生物室の奥のドアから繋《つな》がっている生物準備室に入っていった。勝手に入り込んでいいのだろうか。と思いつつ、僕もあとを追う。暗幕《あんまく》のカーテンが引かれて真っ暗だったので、先生が明かりをつける。

ここもそこそこきれいな部屋だった。けれど古いにおいがする。よく見ると、古びたものがそこかしこに置かれていた。さらに、奥には骨格標本もあった。近づいてよく見ると、埃《ほこり》を被っているし、若干黄ばんでいる。説明書きのフォントもいかにも古そうだった。

「人体模型より、こっちのほうが動きそうですね」

僕はそれを検分し、腕組みをして言った。先生は納得したように頷《うなず》いた。

「確かに。人体模型ツヨシは筋肉質ではあったが、体は硬そうだからな。走るのは向いていないかもしれない」

「こちらは軽やかです」

ツヨシは関節がしっかりはまっていて、動かすと外れ、筋肉の構造が見える仕組みだ。だがこちらの骨格標本は丈夫な糸か何かで繋がっていて、吊《つ》り下げられている。関節の可動領域はこちらのほうが断然広いはずだ。体が柔らかいイコール、運動も得意に違いない。

「やあ、骨格標本タダシ。元気？」

先生は骨格標本へタダシという名前をつけたらしい。そしてタダシの肩を抱こうとしたが、先生の手が触れるなり彼は避けるように揺れた。

「嫌がっていますよ」

僕が言うとタダシはまるで同意するかのごとくカタカタと音を鳴らした。まったくの偶然だろうが、いいタイミングだった。先生は膨れっ面《つら》だが、僕は少し笑った。

僕は先生に渡されたノートの一ページ目に大きく、「骨格標本（喋《しゃべ》る）」と書き込んだ。

三

生物室を出て渡り廊下から本校舎へ入ると、窓から屋外プールが眺められた。

「あそこは絶好のポイントだ」

先生は言った。

プールに水はなく乾いているが、僕もまたあそこは七不思議の舞台として絶好の場所だろうと思う。水と怪異は相性がいい。良すぎるくらいだ。

「七不思議のふたつ目ですね」

外はいまは寒く、ひと気もないが、夏は華やぐ。そんなプールで起こる怪異は……。

「怖くなりそうです」

僕は言った。

水にまつわる怪談は、怪談の中でもより怖いタイプだと思う。海、川、湖沼《こしょう》、雨、水たまり、プール……。そこから連想されるのは、死と無念さなのだ。寂しさと畏怖《いふ》が入り混じる。プールを見て思い出したことがあって、僕は身震いをした。その様子を先生が不思議がる。

「実は怖がりなのか？」

「いえ、ふつうです」

「面白がって七不思議を作る手伝いをしてくれるくらいだから、怪談的なものが三度の飯より大好物なのかと思った」

それは心外だ。というか面白がっているのは主に先生ではないか。

「プールの七不思議なら……生徒が泳いでいるとか。たとえば足を引っ張られるとか？」

足を引っ張られる感覚を想像するのは容易だ。小学生のとき、海で泳いでいたら足がつってしまった経験がある。足が恐ろしいほど痛んで、誰かに強く引かれたみたいだった。溺《おぼ》れかけて、とんでもない恐怖だった。息を吸おうとしても水ばかりが口に入ってきて、手足をばたつかせても一向に浮き上がれない。助けてと叫ぶのもままならず、やっと助けられたときは体力が尽きてぐったりしていた。

あとから聞くに、溺れていたのはごく短い時間だったらしい。けれど個人的には何よりも長い地獄《じごく》の時間で、病に蝕まれたいまよりよほど死ぬ寸前だった。あんな思いはもう二度と味わいたくない。このトラウマを思い出してしまった。

先生は目を輝かせながら、

「足を引っ張られるなんて怖すぎる。採用！」

などと言い、いかにも嬉しそうだ。

「まさかと思いますが、プールに入っただけで引っ張られるんですか？」

「うん。見境なし」

「待ってください、先生。せめてもうちょっと条件を付けましょう。誰も彼もが引っ張られるなんて、あんまりです」

僕は交渉《こうしょう》した。先生は腕組みをし、目を閉じてじっと考え込む。

「じゃあ、悪いことをした生徒限定だったらどうだろう？　悪事を働いたら罰《ばち》がくだる。これならば、生徒の生活態度への抑止力にもなって、一石二鳥ではなかろうか。我ながら名案」

やっぱり変わったひとだ。

「候補にしておきましょう」

僕はノートを開いた。

「足を引っ張られるプール（悪い子限定）（仮）」

四

「そういえば、あるじゃないですか。不思議なところ」

僕は思い出して提案した。本校舎の廊下を、中央階段へ向かって歩いていた。数歩前を行く先生が振り返る。

「不思議なところ？」

「ほら、部室棟裏の林にある池ですよ。変な魚がいるって噂《うわさ》の」

部室棟の裏には林がある。その中に小さな池があるのだ。

なんでも、学校新設にあたって埋め立てようとしたものの、事故が続くせいでそのままにせざるをえなかった経緯があるらしい。水は汚れているし、水棲《すいせい》生物の気配はないのだが、たしか奇妙な魚が泳いでいるという噂があった。いわく、体は魚なのに人間の顔がついているのだそうだ。畔《ほとり》には桜が植わっているが、季節外れの花が咲くという噂もある。

ちなみに、僕も一度だけそこを通ったことがある。駅までの近道になるかと思い林を突っ切ったのだが、鬱蒼《うっそう》とした道は進みづらく、まったくショートカットにならなくてやめた。

先生は再び目を輝かせた。

「行こう行こう」

どうやら池の存在を知らなかったとみえる。この学校の教師なのにあの池を知らないなんて、おかしな話だ。

おかしいといえば、こんなにうろうろと徘徊《はいかい》しているのに誰にも会わない。生徒はともかく他の先生とも会わない。まるでふたりだけの奇妙な世界に迷いこんだみたいだ。僕はここに閉じこめられているのだろうか。七不思議作りを終えたら、ちゃんと学校から出られるのだろうか。うっかり闇《やみ》に飲み込まれてしまいやしないだろうか。

校庭を突っ切って、部室棟へ行く。照明がついていて明るいので歩くには不自由しなかった。部室棟にも外階段の明かりがある。太陽はすっかり沈んで暗いが、月明かりもあって林の中もさほど危なくはなかった。どんどん進む。池はすぐに見えた。

「あ、桜」

先生が池の脇に佇《たたず》む桜を仰ぐ。遠い明かりの中でほのかに、たくさんついた桜の蕾《つぼみ》が膨らんでいるのがわかる。稲穂《いなほ》と同じように、桜も気温を積算して開花予想をすると聞いたことがある。近ごろずっと暖かかったので、四月を待たずに咲いてしまうのではないだろうか。へたをすれば、数日以内にほころびはじめるかもしれない。入学式まで、保《も》てばいいのだけれど。

水面に映るものがあるかと目を凝《こ》らしたが何もなく、僕たちは諦《あきら》めて校舎へ戻ろうとした。すると背を向けた途端に水がはねる音がして、振り返ると大きな背鰭《せびれ》が水面に潜るのが見えた。僕は思わず先生と顔を見合わせる。

「見た?」

「はい。かなり巨大でした、いまの」

「顔は?」

「顔は、見えませんでした」

「そうなんだよ……俺も見てない」

先生はがっくりと肩を落とした。

僕はノートを開き、「林の池に棲《す》む人面魚」と書き込んだ。

しかし迷った末に、シャーペンについている消しゴムで「面」の字を消した。人面魚の噂があるものの、僕も先生にも顔は見えなかった。残念だ。けれどもしもひとの顔がついているのを目撃したとして、目が合ったら怖いではないか。見なくてよかった。そして見ていないということは、人面でない可能性も考えられる。

ついでに「林」を「桜」にした。そうして読み返すと、「林の池に棲む人面魚」は、「桜の池に棲む人魚」に様変わり。

……なんだか、一気にロマンチックになってしまったな。まあ、いっか。

五

「君ならどういう不思議が欲しい？」

屋上へ行こうと誘われたので、僕たちは階段をのぼっている。その途中、先生から訊《たず》ねられた。

「欲しい不思議ですか」

足を止めて考える。不思議な現象など何も起こらないほうがいいのではないかと思わないでもない。しかし何も起こらないのは、僕の過ごしてきた学校生活そのものだ。凡庸《ぼんよう》で、何もない。面白みがない。

かといって、じゃあどんなものがあれば楽しく過ごせるだろう。走る人体模型と喋る骨格標本がいたならば。プールで足を引っ張られたとしたら。桜の池に人魚がいたら。七不思議づくりだなんて言ってこれまでいろいろこじつけてみたけれど、自分が欲しいかといったらやはりそうでもない。

「先生は？」

苦心の末、僕は質問に質問で返すことにした。先生はじっと考え込む。僕は先生が、訊《き》かれたいから訊いたのではないかと、そのときになってやっと察した。

「終わらない休み時間が欲しい」

「それは先生だけでなく、生徒も同じように思っているかもしれません。大賛成」

僕は両腕をあげた。先生も両腕をあげた。

「四票」

「賛成多数で可決です」

たとえば僕に、気が済むまで無限に使える休憩時間があったとしたら、もう少し、自分に向き合うことができるだろうか。

現実に置いてけぼりにされて、このままでは残り時間を無為《むい》に過ごしてしまいそうなのだ。本当はもっと、自《みずか》らの境遇を客観視したい。

僕は自分を悲しみたいのかもしれない。そんな時間すらなさそうだから、無理矢理にでも、生きることを諦めたのかもしれない。そういったとりとめのないことを、飽きるまで考えてみたい。起きられなかったらどうしようかと怯《おび》え、満足に眠れないのを解消するかのように、熟睡してみたい。でも時間は有限だ。有意義に使わなければ勿体《もったい》無い。とくに、残り時間の僅かな僕にとって。

僕は階段に腰掛け、ノートを開いた。

七不思議の四つ目は、「時間が止まる休憩所」だ。

学校のどこかに休憩所があって、そこは時間の流れがない。心の時計が止まってしまった僕のようなひとのための居場所になるといい。

# 六

当たり前だが屋上にも誰もいなかった。

頭上には晴れた夜空が広がる。月光と満天の星が降る。

空は春の星座に移り変わろうとしていた。北の北斗七星《ほくとしちせい》。一等星アークトゥルス、おとめ座のスピカ。春の大曲線。デネボラを結ぶと春の大三角だ。夜空は動かず、風だけが強い。いくら春の兆《きざ》しがあるとはいえ、まだ冬の終わりなのに、すでに生温《なまぬる》い風が吹いている。それでも春とは言い切れず、そして冬とも言い切れない。遠くの夜景も眺められた。

天気がいい日中は、ここから海が見えると聞いたことがある。

「屋上の七不思議なんて、なかなかなさそうです」

「そうだな」

風がぴゅうぴゅうと音を立てるので、物悲しい気分になってきた。ふと、

「誰かが泣いているみたいです」

と僕は言った。

「うん。言われてみれば」

女のひとの泣き声みたいに聞こえる。もし屋上に女生徒がいて、泣いているのだとしたら、どうして泣いているんだろう。

「泣いている理由は、なんでしょう」

「恋人に振られたとか？」

「それで自殺でもはかろうとしたんでしょうか」

屋上から飛び降りたら、さすがに生きていられなさそうだ。

「失恋は辛いよ」

「そうなんですか」

僕にはまだ恋人ができた経験がなく、想像は想像でしかない。

「自殺してしまうくらい？」

「よほど辛い別れだったのかもしれない。たとえば恋人が先に死んでしまった……」

「それは……辛いでしょうね」

それだったら僕自身は幸せだ。だって、大切な誰かを失う経験をしないまま、自分が真っ先にこの世から消えられる。

この啜《すす》り泣きみたいな音は、大切なひとに先立たれたひとの嘆《なげ》きだ。控えめに、しくしくと泣いている。どうにもならないことへの深い悲哀《ひあい》に感じられた。二度と会えないひとへの悲しみだ。「悲しい声が聞こえる屋上」ノートに書き込むことさえ、辛くなってしまった。

七

「これであとふたつですね」

五つもの不思議を作った。七つの不思議まで、あと少しだ。

屋上から一階までおりる。スタート地点である体育館まで戻ってきた。時計を見ると、あっという間に二時間ほどが経過していた。

「あとふたつかー」

そのときだ。体育館の中で、ボールのはねる音がした。僕は嬉しくなって言った。

「誰もいない体育館から聞こえるボールの音っていうのは、どうですか?」

最初に先生と会ったときと同じ状況だった。天井板に水が漏れて、挟まったままだったボールが落ちた。いまのはひとつだけ残っていたボールだった。だとしたらボールはこれで最後だから、きっともう音はしない。もしも音が聞こえたとしたら、それは本物の七不思議となる。音が聞こえてもよかったが、耳を欹《そばだ》ててみても何も聞こえない。残念だ。

先生が、

「夜の校舎に現れる見知らぬ幽霊教師、っていうのもどうだろう？」

と笑った。

「確かに」

僕も笑う。ノートを開いた。とりあえず、六つ目。

「誰もいない体育館から聞こえるボールの音」

大きく書いた。

「六つ目はこれで決まりですね」

「うん」

先生はノートを覗《のぞ》き込みながら、

「幽霊教師は？」

と訊いてきた。僕は首を振る。

「とりあえず、こっちだけです」

僕はついだ。

「だって、先生は生きているはずだから」

「幽霊教師ではなくて？」

「幽霊だとしても、地縛霊ではないでしょうね。先生はこの学校のことを知らない。僕はこの一年のあいだに、先生の姿を見たことがない。そして先生は生きている。ふつうに実在している。先生は、新しい先生なんです」

「こんなに草臥れているのに新しい先生」

「来年度、新しく赴任してくるんでしょう」

先生は押し黙った。僕は続ける。

「部室棟裏の池を知らないひとはいません。それに、プールの田中《たなか》さんを知らないひとも」

「プールの田中さん？」

僕は頷いた。

「田中さん」は一昨年起きた事故で、プールで足を引っ張るようになった霊のことだ。引っ張られる対象はきわめて限定的だが、まだ新しい話だし、実際に引っ張られたひとが同じクラスにいる。そのひとは体育の先生の許可を得て、水泳の授業はすべて欠席となった。

そのあたりの事情を話すと、先生は優しく微笑んだ。観念したみたいだ。

「呆気《あっけ》なく正体を暴かれてしまったな」

「来年度が楽しみですね」

先生の授業を受けられないのは残念だ。教科も知らないけれど、きっと楽しいのではないか。もし苦手科目だったとしても、頑張って取り組めるかもしれない。

「でも本当は、やめようと思っているんだ」

先生は言った。僕は先生を見る。真剣な眼差《まなざ》しをしていた。

「教師を？」

僕は咎めるような目をしてしまっただろうか。先生は目を伏せ、躊躇《ためら》いがちに頷いた。

「前の学校で、ちょっと疲れることがあった。上手く思いが伝わらなくて……いろんなすれ違いがあった。だから俺はやっぱり教師に向いていないんじゃないかって」

そうかな。そうでもないと、思うんだけど。だって久しぶりに楽しかった。そう思ったので素直に、

「やめないでください。学校にいてください」

と僕は言った。

「君にそう言われると、しんどいよ」

先生は苦笑した。確かに、どの口が言うのかという話だ。僕は明日から休学するのだから。

つまり先生は、僕の事情を知っているらしい。事情——休学するということだ。病気の進行具合も、知っているのだろうか。

一応休学という体《てい》であり、復学の可能性もあることになっている。しかし誰も——親も教師も僕も、全員が心の内でわかっている。もう学校には戻れないと。

「僕を知っているんですね」

「今日、教頭先生がね。いつまでも居残っている生徒がいると思って見ていたら、『しばらく休学する予定の生徒だから、付き合おう』ということになった」

「そうだったんですか……」

僕がこんな夜遅くまで居残っていられたのは、そして校舎に誰もいなかったのは、七不思議でも異世界にきたからでもない。僕のために取り計らわれたことだったのだ。

「ごめん。声をかけて。邪魔したかもしれない」

「そうでもないです」

僕は、自分が知らないうちに気遣われていたらしい。でもそれは不愉快《ふゆかい》ではなかった。単純に、初めて夜の校舎を探検できて楽しかった。七不思議を作ったことも、先生とくだらない会話をしながら歩いたことも。

「この一年、ほとんど学校を休まなかったって?」

それだけは自慢だった。幼稚園も小学校も中学校も高校も嫌いだったのに、体だけは健康だったので風邪を引くこともなく、まったく休まなかった。病に蝕まれてからも、休みたくはなかった。何の意味もない、ただの意地みたいなものだ。

　ぜんぜん楽しくなかったのに……。そうだな。本当は、どこかに楽しいことはないかと探していた気がする。

「最後に思い出を作ってくれて、ありがとうございました」

　僕は言い、ノートを差し出した。ノートは先生の手に無事渡り、僕は右手を差し出したまま、別れの握手をしたいという意思を示した。先生はノートをズボンの後ろポケットに丸めてしまい込み、拳《こぶし》を握ってこちらへ真《ま》っ直《す》ぐに向けた。

「また会おう。俺はその日までは教師を続ける。君は早く戻ってきなさい。じゃないと、なかなかやめられない」

「はい」

「……君はこの学校でできた、俺の初めての友達だ」

「友達ですか」

　初めての友達だ。

「そうだよ。七不思議だってまだ七つ目が残ってる。戻ってきて、また一緒に作るんだ。そうじゃないと、許さないからな」

　僕も拳を作り、先生の拳と打ち合わせてみる。

手はすぐに離したが、病からくるいつもの痺《しび》れとは違う痺れが残っている。悪くない感触だった。友達。悪くない言葉だ。

# 八

四月に入って、急に冷えこむようになった。春めいていた風はやみ、草も土も空も大気も水もまた凍る。なのに一度咲いてしまった花だけはあとに引けないらしく、桜が咲いているのに雪が降っているという不思議な光景が見られた。何もかもが白く染まり、凍りついた花が雪の風に舞う。雪景色なのに桜風景だなんて、すごく贅沢《ぜいたく》をしている気分になる。どうやら花冷《はなび》えという現象らしい。冷えすぎだが。

療養しながらも、僕はできるだけ勉強を頑張っている。将来は、何になりたいかな。そんなことを考えてみる。無駄かもしれない。でも、ひとの一生なんてそれ自体が儚《はかな》いものなのだから、多少の無駄は些事《さじ》に過ぎない。

これから毎日、できることは減っていく。けれど医師によると、視力や聴力、嗅覚《きゅうかく》や味覚などの感覚は衰えないのだそうだ。ということは、ほとんどアウトプットできなくなっても、インプットはし続けられる。朗報だ。

先生の教科を訊ねるのは忘れていたから、いろんな勉強をして、その日に備えておかなければならない。もし先生の生徒になったとき、あまりについていけないと格好悪いだろう。もともと、本を読むのは好きなほうだ。友達がいない代わりに、僕はけっこうな頻度《ひんど》で物語の世界に身を投じてきた。

先生は、体育館の「学校紹介」にふたりで作った七不思議を書くだろうか。きっと書いてくれる。そしてそれらは新しい学校の中に息吹き、語り継がれるかもしれない。そう思うと、わくわくする。

桜が凍ったまま、じきに入学式だ。寒いけれど、天気は晴れるらしい。体育館の雨漏りも直ったと聞いている。

せっかくの「学校紹介」なのに、七不思議の七つ目は欠けている。早く復帰して、あとひとつを作らなければならない。その日が来るのがとても楽しみだ。次に登校するときは、部活に入ってもいい。何部がいいだろう。こんなにも学校へ行きたくなる日がくるなんて、思いもよらなかった。泣きたくなるくらい、教室が恋しい。かといって、教室には何も思い出なんてない。不思議のひとつも、楽しいこともなかった。でも教室には、可能性があったのだ。

泣きそうになったら、僕は明るいことだけに目を向ける。なんとなくだが、こういうのがあったらいいなと思う七つ目の候補が実はあるのだ。いつか、先生に話そう。

たとえば、強く願えば、失った大切なひとに再び会わせてくれるような、救済の存在。そんな架け橋みたいな不思議があるというのはどうだろうか、と。

※この作品はフィクションです。実在の人物・団体・事件などにはいっさい関係ありません。

集英社オレンジ文庫をお買い上げいただき、ありがとうございます。
ご意見・ご感想をお待ちしております。

● あて先
〒101-8050　東京都千代田区一ツ橋2-5-10
集英社オレンジ文庫編集部 気付
長谷川　夕先生

集英社
オレンジ文庫

# 七不思議のつくりかた

2018年8月26日　第1刷発行

著　者　長谷川　夕
発行者　北畠輝幸
発行所　株式会社集英社
〒101-8050東京都千代田区一ツ橋2-5-10
電話【編集部】03-3230-6352
【読者係】03-3230-6080
【販売部】03-3230-6393（書店専用）
印刷所　大日本印刷株式会社

※定価はカバーに表示してあります


ISBN 978-4-08-680206-2 C0193

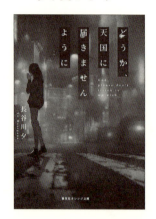

集英社オレンジ文庫

藍川竜樹
原作／椎葉ナナ

映画ノベライズ

# 覚悟はいいかそこの女子。

愛され系男子なのに彼女がいない斗和は、
友達に彼女ができたことで焦っていた。
とにかく「彼女」が欲しい斗和は
学校一の美少女・三輪美苑に告白するが、
こっぴどく振られてしまい…？